Dinsd

Van Dimitri Verhulst verscheen bij Contact:

De kamer hiernaast (1999)
Niets, niemand en redelijk stil (2000)
Liefde, tenzij anders vermeld (2001)
De verveling van de keeper (2002)
Problemski Hotel (2003)
Dinsdagland. Schetsen van België (2004)
De helaasheid der dingen (2006)
Mevrouw Verona daalt de heuvel af (2006)

Dimitri Verhulst

Dinsdagland

Schetsen van België

2008
Uitgeverij Contact
Amsterdam/Antwerpen

Dit boek is mede tot stand gekomen met de steun van het Vlaams Fonds voor de Letteren

Vlaams Fonds voor de Letteren

Eerste druk juli 2004
Tweede druk april 2007
Derde druk juli 2007
Vierde druk september 2007
Vijfde druk november 2007
Zesde druk februari 2008
Zevende druk september 2008
Achtste druk mei 2009
Negende druk september 2010

Omslagontwerp Via Vermeulen/Rick Vermeulen
Foto auteur Nathalie De Clercq
ISBN 978 90 254 2508 1
NUR 301

www.uitgeverijcontact.nl

‘It’s Tuesday, this must be Belgium.’
(Amerikaan die met een touroperator gans Europa doorkruist in minder dan twee weken)

Inhoud

Komkomkomkom

1.

Het was nog vroeg in de augustusochtend en Lucien Bloemkool zat op zijn kot te pieren naar de al blauwe lucht. Lang niet iedereen in Nieuwerkerken was reeds uit z'n bed geraakt, maar Lucien zat daar klaarwakker naast een bakje lijnzaad en zijn transistorradiootje. Zenuwachtig, als altijd. Maar deze keer nog een tikkeltje meer, hij had voor zijn gierige doen een abnormaal grote som geld ingezet. Er verscheen een asgrijze stip aan de hemel, en de stip werd duif. Zijn duif! Nu al! En Lucien sprong recht als een bezetene, begon uitzinnig met zijn bakje lijnzaad te rammelen en zette het zinnetje in waarmee hij ieder weekend de hele buurt terroriseerde: 'Komkomkomkom, komkomkomkom.' Het was een al wat oudere duivin die na de vlucht van Barcelona bijna de nek was omgewrongen wegens haar ondermaatse prestaties, maar waarmee hij nu ongetwijfeld een eerste prijs zou wegkapen, voor het eerst in zijn leven, als hij ze tenminste meteen kon strikken.

De duif kwam dichter, Luciens immer onder de krulspelden zittende vrouw was al vol ongeloof naar buiten gehold en ook mijn nonkel Potrel en ik staarden vanachter het raam op onze slaapkamer naar de lucht. Nog één minuut, hooguit twee, en dit duifje zou landen en Lucien Bloemkool zou de vlucht van Bourges winnen. Iets wat niet mocht gebeuren.

'Nu!' beval mijn nonkel Potrel, en we holden de tuin in en begonnen te voetballen. Hoge ballen, voltreffers naar de zon, er was geen sprake van dat die duif zou vallen zolang wij onze voetbal in de lucht hielden. En om het zekere voor het onzekere te nemen maakten we bij dit alles een hels kabaal en zongen we loeihard Bobbejaan Schoepen na: 'Ik zie zo gere mijn duivenkot...' Lucien had al twee hartaanvallen overleefd, een derde zou hem meer dan waarschijnlijk fataal worden, en te oordelen naar de plots opzwellende aders in zijn voorhoofd was de kans groot dat de Duivenbond daags nadien een rouwkrans mocht bestellen. Lucien maakte ons uit voor 'vorte Verhulsten', brieste dat we moesten stoppen met sjotten tot zijn duif op hok zat. Maar daar hadden wij, vorte Verhulsten, uiteraard geen oren naar en Lucien Bloemkool zijn duif werd niet eens in de einduitslag opgenomen. Het beest is tot diep in de nanoen met doodsangsten in de dakgoot van de overbuur blijven zitten.

Een beetje familiekroniek kan deze anekdote begrijpelijker maken...

Indien de tak van de vorte Verhulsten waar ik uit voortspruit een wapenschild had bezeten, dan zou dat schild zeer waarschijnlijk de afbeelding van een duif hebben bevat boven een spreuk in potjeslatijn. Het is dat of de tekening van een bak bier.

Er is een eigenaardige plaats op aard' waar Verhulsten bekender zijn onder hun bijnaam Windop (spreekt uit 'windjop' met de 'dj' van 'nondedju'). Windop is Algemeen Beschaafd Nieuwerkerks en betekent zoveel als 'Tegenwind'. Het is een mooie bijnaam, een indianennaam bijna, een totem om trots op te zijn en die wordt doorgegeven van vader op zoon. Meer dan een bijnaam is het een eretitel die je niet met de moedermelk, maar met je eerste vat pils meekrijgt. Er is ooit onderzoek gedaan naar de herkomst van die eretitel: een van mijn zatte voorvaderen speelde met de duiven en vloog uitsluitend prijzen bij elkaar als zijn beesten tegenwind, oftewel dus windop hadden. Ziedaar de weinig indrukwekkende ontstaansgeschiedenis van onze bijnaam. Met de duiven speelt inmiddels bij ons niemand meer, maar die bijnaam is gebleven, werd overgeleverd, en er wordt nog steeds over gewaakt. Windop is tevens een kwaliteitslabel, het volstaat niet om uit het zaad van een Verhulst te zijn gegroeid om de naam Windop cadeau te krijgen. Ik heb neven die het absoluut niet in zich hebben om een Windop te worden, zelfs al zouden ze er hun best voor doen. Moeilijk uit te leggen hoe dat komt, zulke dingen worden intuïtief aangevoeld. Een echte Windop heeft altijd het beste van een varken in zich, is een gezelschapsdier, socialist tot in de kist, heeft natte ogen en bij momenten de blik van een geslagen hond, een glimlach die zijn gezicht in ribbels trekt, kent de eergevoelens van een zuiderling, en rookt en drinkt zich tijdig dood. Voor een Windop is zoiets als zestig jaar worden bijvoorbeeld het toppunt van kleinburgerlijkheid. Beroemde telgen zijn Witte Windop (zijnde mijn nonkel Herman, die in 1982 wereldkampioen bier drinken werd in café Liars en de avond na zijn triomf drie auto's in de prak reed), Potrel Windop (zijnde mijn nonkel Karel, op wie de televisieploeg van Paul Jambers al herhaaldelijk maar zonder succes heeft gejaagd voor een documentaire over agressieve drinkebroers), Zotte Windop (zijnde mijn vader, die in 1987 in het truitje van ontwenningskliniek De Pelgrim Belgisch kampioen tafeltennis werd in de categorie drugs- en andere verslaafden), en Polle Windop (zijnde mijn roemrijke grootvader, die zijn tijd op de kankerafdeling passeerde met het lezen van Konsalik en het geilen op roodharige verpleegsters). Ikzelf ben Kleine Windop, geen commentaar.

De natuurlijke vijand van de familie Windop is de familie Bloemkool. Dat mag voor sommigen dan misschien een beetje vreemd klinken, maar haat jegens een bepaalde familie werd in ons dorp overgeheveld naar de volgende generatie. Niemand die nog exact kon zeggen hoe de vete tussen de Windoppen en de Bloemkolen ooit was ontstaan, maar uit respect voor onze voorouders hadden wij een grondige hekel aan iedere Bloemkool en zouden we er alles aan doen om hem het leven zuur te maken. Louter traditioneel, zie het als folkloristische maffia. Het probleem was dat de Windoppen en de Bloemkolen buren waren, wij woonden op het nummer 23, zij op 21. En fantastisch werd het pas helemaal toen mijn moeder mij en mijn vader liet zitten voor een Bloemkool en daar op de koop toe nog een kind mee maakte ook. Mijn halfbroer is een Bloemkool, kunt u zich dat voorstellen?

Maar of hij nu een Bloemkool was of niet, onze buurman was een duivenmelker, een duivensjapper zoals ze zeggen, en alleen al dat gegeven was voldoende om de ene vendetta na de andere tegen hem op touw te zetten. Duivensjappers zijn lastige mensen, ze leggen de hele buurt hun wil op. Wij mochten onze was nooit aan de draad te drogen hangen als meneer met zijn duiven speelde. Meneer speelde alle dagen met zijn duiven, maar in de kosten voor een droogmachine heeft hij natuurlijk niet gedeeld. Lucien had zijn eigen bijbel, het *ABC van de duivenmelker*, geschreven door Roger Quick, waarin over de eerste vluchten van de duif geschreven staat: 'Tijdens die periode mag onze vrouw, terwijl de duifjes op het dak zitten, geen linnen gaan uitkloppen of uitschudden, vlak onder het oog van onze jonge duiven.' Een duivensjapper heeft er nog nooit aan gedacht dat hij misschien zelf eens het linnen zou kunnen uitschudden. De indrukwekkendste zin in dat bijbeltje van Bloemkool is misschien wel deze: 'Sommige kinderen zijn van moeders rokken niet weg te slaan, en vaak is er militaire dienst voor nodig om ze te verplichten eindelijk wat zelfstandigheid aan te kweken. Ze hebben geen karakter. Te laat gespeende duiven hebben ook geen karakter, geen persoonlijkheid, het zullen nooit kampioenen worden. Wees dus niet te teerhartig, want ge berokkent uzelf schade.' Lucien Bloemkool was niet teerhartig; als wij in de tuin speelden op het moment dat zijn duiven een duikvlucht naar het hok moesten maken, schoot hij uit zijn sloffen, en wat wij daarvoor in ruil kregen was meer noch minder dan dat ons achterkoertje voortdurend onder de duivenstront lag. Daar moest wel oorlog van komen.

En oorlog werd het. De aanval werd ingezet door mijn nonkel Potrel, die thuiskwam met Black Bettie, een pekzwarte kat die hij ergens 'gevonden' had en die van kop tot teen onder de parasieten zat. We keken met plezier toe hoe Black Bettie over de daken flaneerde en de duiven van Bloemkool de stuipen op het lijf joeg. Tot Black Bettie op een ochtend met haar poten in de lucht lag, vergiftigd. Dat was te veel van het goede. We hebben gewacht tot Lucien zijn duiven terugvlogen van Quiévrain. Hij riep alweer driftig 'komkomkomkom', en onze Potrel heeft toen rustig het jachtgeweer van mijn nonkel Eddy op zijn schouder gelegd en de hele klad duiven naar beneden gehaald. Die zouden niet meer op onze koer komen schijten, gerechtigheid was geschied, wij konden eindelijk weer voetballen in onze tuin als we daar zin in hadden.

2.

Beste Lucien,

Herinnert gij u Lieske nog, de duif waar gij veel geld voor hebt neergeteld en die op een dag spoorloos uit het hok verdwenen was? We hebben ze opgegeten en ze smaakte ons. Het is misschien een beetje laat om u dat te zeggen, maar afijn. Onze Potrel is 's nachts met zijn zatte kloten over de golfplaten gekropen, heeft de deur van uw duivenkot geforceerd, wat voor hem een fluitje van een cent was, en heeft Lieske de nek omgedraaid. Ze heeft weinig geleden, in ieder geval minder dan toen ze uitgeput neerstreek op het kot nadat ze drie weken eerder was gelost in Dax. Grootmoeder Maria heeft Lieske daags nadien met het nodige respect gepluimd en gaargestoofd in bruin bier. Ze zeggen dat dat goed is voor de fysiek. Bart Wellens eet een paar uur voor hij op de fiets springt altijd zijn duifje, en hij werd toch maar schoon wereldkampioen cyclocross van de jaar.

Ge zult wellicht geen klein beetje verschieten dat ik u schrijf. Een Windop die een Bloemkool schrijft, alla zeg! Maar de vete tussen de Bloemkolen en de Windoppen heeft wat mij betreft nu al lang genoeg geduurd, er zijn al genoeg oorlogen in de wereld nietwaar, en de meeste daarvan zijn naar het schijnt onopvallend aan onze voordeur begonnen. Dus reik ik u de hand, strijk bij deze voor wel

vier generaties plooien plat zodat ik u, eindelijk, van man tot man, van vriend tot vriend, kan zeggen dat gij een slechte duivensjapper waart. Geen rotte frank waren uw vogels waard, ze vlogen nooit een kopprijs op de moederklok, en toch moesten wij van u binnenblijven als gij uw beesten opleerde of als ze moesten landen. Ge zult natuurlijk zeggen dat ge het geld niet had voor een stevig gefokte nestdoffer. Gij had geen edel ras zoals een Cattrysse, gij beschikte over geen chicoduivinnen à la Bostijn, namen die duivensjappers zeer veel zeggen en die u deden watertanden. Maar dat is allemaal dikke zever, Lucien. Herman Van der Sijpe (zegt zijn naam u nog iets?) mocht dan wel bankdirecteur zijn en had poen voor wel duizend Cattrysses, hij won zijn schoonste nationale overwinning met een duif die geeneens van hem was, en die hij op een dag in zijn garage gevonden had. Zo'n duif die de frieten van de marktpleinen pikte en die daar ineens heel te gans verloren achter zijn wasmachine te koeren zat, daar pakte hij zijn vette prijzen mee. Nu gij!
Nu ik dan toch mijn hart aan het luchten ben: ik heb altijd compassie met uw vrouw gehad! Dat mens zou zo graag eens met u op reis geweest zijn. Al was het maar een dagje naar de zee. Maar duivensjappers hebben geen tijd om op reis te gaan, nooit. Omdat ze drie keer per dag hun beesten vers water moeten geven, het hok van droog stro en zand moeten voorzien, ervoor moeten zorgen dat er nog voldoende erwten en vitsen en maïskorrels in de voederbakjes liggen. Zijt gij nooit jaloers geweest op uw duiven? Uw beesten hadden een stuk van de wereld gezien, ze vlogen naar Lourdes, Dax, Bourges, Limoges, Orléans, Mantauban en Barcelona. Maar gij hebt in uw leven nooit meer gezien dan de kerk van het dorp en 't café waar uw duiven werden gekorfd. Uw vrouw had zich daar bij neer te leggen, en zonder u op reis vertrekken mocht ze niet. Ge kon nog geen patat schillen. Ge deed druppeltjes Spartrix in het water van uw duiven tegen de geelzucht, ge voederde ze Altabactine tegen de vogelpest, ge deed ze Avrulon en Superforme CG30 slikken om in conditie te blijven, maar uzelf een ei bakken lukte niet en dus moest uw vrouw in haar keuken blijven terwijl in de zomer al haar vriendinnen met de vrouwenbond naar het Garda-

meer trokken. Dat gij nooit een deegrol in uw nek gekregen hebt, dat versta ik niet. Maar ik begrijp dat gij uw vrouw liever thuishield, ze zou zich wel eens veel te goed kunnen hebben geamuseerd daar aan het Gardameer, en met een duivenmelker zou het niet geweest zijn.

Ik heb gehoord dat ge gestorven zijt, Julien. Er waren geen drie maar vijf hartinfarcten voor nodig om u definitief van uw duivenkot te halen, en het zou mij niet verbazen als uw laatste woorden 'komkomkomkom' waren. Ge zijt te vroeg geboren, denk ik, want er is tegenwoordig grof geld te verdienen in de duivensjapperij. De gebroeders De Smidt uit Knokke hebben zich een villa kunnen zetten met wat ze in twee seizoenen tijd bij elkaar gewonnen hebben, ik zweer het. En voor een vitesseduif leg je vandaag de dag toch 150 000 Belgische franken neer. Minstens. Ik zeg het in franken, omdat ik geloof dat onze doden nog in de oude munt rekenen. Wat er met uw duiven is gebeurd weet ik niet, maar uw zoon, de Chris, zal zich daar wellicht niet mee bezighouden. Hij had verdomme een stofallergie, en astma in de zesentachtigste graad. Als hij op uw duivenkot was geweest liep hij een hele week met schele ogen rond en niesde hij een halve liter snot uit zijn lijf. Niemand in onze straat begreep dat gij u geen andere hobby zocht: als uw vogels een slagpen stootten trokt ge uw kiel aan en gaaft ge ze een aker vitamine E, wanneer de hygrometer op uw til daalde tot zevenenzestig procent relatieve vochtigheid schoot ge in paniek; maar dat uw kleine, uw eigen vlees en bloed, de helft van zijn jeugd in een sanatorium sleet raakte uw koude kleren niet.
Ge zijt niet alleen te vroeg, ge zijt ook op de verkeerde plaats geboren. Albert van Mael, die durfde nog wel eens met een schone overwinningsbeker van het duivenlokaal terug te keren, maar in Nieuwerkerken was er voor de rest geen succesvolle duivensjapper te vinden. Moest ik een duif zijn en mijn kot daar hebben staan, ik zou ook niet meer weerkeren, en al helemaal niet tegen 120 per uur zoals de meeste duiven doen. Gij had in Arendonk moeten wonen. Arendonk is heilige grond voor de duivensport, de grootste kampioenen wonen daar. En ze hadden u daar moeten begraven.

Nu leeft mijn grootmoeder met de schrik dat ze straks nog vlak naast u in de grond wordt gestopt. Meer dan vijftig jaar was ze uw buurvrouw, meer dan vijftig jaar dat gij haar commandeerde wanneer ze wel en wanneer ze niet haar was mocht ophangen. Vijftig jaar dat alles in onze buurt moest wijken voor een stuk pluimvee van hoop en al vijfhonderd gram. Het is genoeg geweest. Ik zal u verder niet meer storen in uw slaap, ik heb gezegd wat ik te zeggen had, laat alle oude vetes varen. Doe ze ginder mijn groeten en zeg dat ik wat later kom, komkom.

Getekend,
Kleine Windop

3.

Waarom zou ik over de duivensport willen schrijven, ik heb het tenslotte niet begrepen op mensen die een dier als een stuk speelgoed behandelen? Ten tweede heb ik een grondige hekel aan het fenomeen 'duif' sinds ik voor de Dienst Monumentenzorg containers, ja containers vol duivenstront van de Gentse historische gebouwen heb losgepeuterd, en ik met een stofmasker voor mijn mond de tot poeder gereduceerde duivenlijken uit ettelijke leegstaande panden verwijderde. In de nok van het Gentse belfort stikt het van die beesten, ze hebben zichzelf opgesloten in de kille wenteltrapgangen die naar de beiaard leiden, tot ze uitgehongerd het loodje leggen terwijl de klokken boven hun hoofd olijk beieren. Om die mormels uit hun lijden te verlossen heb ik nog de goedheid getoond hun nek om te wringen, en maakte er kennis met de mefistofelische taaiheid van dat gevogelte: hun nek was één grote spiraal, je kon hem haast gebruiken als kurkentrekker, maar het hoopje pluimen tussen mijn vuisten bleef maar koeren. Roe-koe-koe. Ik heb in tegenstelling tot mijn nonkel Potrel geen beenhouwer in mij zitten, zoveel is duidelijk. En dat ik als een soort van eerbetoon aan mijn overleden vervelende buurman mijn pen zou ruilen voor een veer lijkt mij ook onwaarschijnlijk, al schijn je dat nooit zeker te weten met die duistere diepten van de menselijke geest.

Maar ik blijf zitten met mijn verbazing omtrent het bestaan van deze sport. Het mag als verbazingwekkend worden omschreven dat een duif zoveel hersenen heeft dat je er een rozijn mee kan opvullen, en dat daar desondanks toch een natuurlijk gps-systeem in verwerkt zit. Ik blijf het echter veel verbazender vinden dat mensen er een spelletje van maken die duiven naar de andere kant van het continent te sturen om dan te zien welke duif er het eerst weer thuis is. Een spel dat een godgans leven in beslag neemt, én dat van de buren zoals ik reeds liet weten. En omdat niemand op dezelfde afstand van de losplaats woont, bestaan er duizelingwekkend moeilijk ogende tabellen met coördinaten om uit te rekenen welke duif er nu het snelste was. Alleen al op basis daarvan is het moeilijk te beweren dat duivenmelkers achterlijk zijn.

Wat maakt dat een volk massaal een grijze vogel in de haast altijd grijze lucht stuurt? Hoe komt het dat nergens ter wereld zo fanatiek de duivenliefhebberij wordt bedreven als in België en in Thailand, en welk pathologisch trekje hebben deze landen dan gemeen? Ik zag het als een teken van de goden dat zij Lucien Bloemkool tot zich hadden genomen en had hieruit begrepen dat ik maar eens een eerbetoon aan die vervelende mens moest wijden, en via hem een reportage over onze nationale sport en haar beoefenaars.

De telefoon gepakt.

Het wachtmuziekje bij de Duivenbond is niet 'Ik zie zo gere mijn duivenkot'. Er zijn nog onzekerheden in het leven.

Op de hoofdzetel van de Duivenbond waren ze dolgelukkig te horen dat er eindelijk nog eens iemand aandacht wou schenken aan hen, iemand die hen ernstig nam. Dat ze dachten dat ik hen ernstig nam is zeer begrijpelijk, ik had mij immers meer dan een half jaar intensief over de meest gespecialiseerde boeken over het wel en wee van de duivensport gebogen. Ik kende de perfecte afmetingen van een duivenhok, de ideale samenstelling van het voedsel, kende diverse trainingsschema's uit mijn hoofd en sprak een aardig woordje duivenlatijn. Het is de enige manier om duivensjappers hun vertrouwen te krijgen, sinds hun racevogels op grote schaal worden gedopeerd zijn ze immers op hun hoede voor journalisten die niet hun passie delen. Het wantrouwen tegenover iemand met een notitieboekje is er enorm. Maar ik had mijn huiswerk gemaakt, had de kampioenen van de laatste tien jaar uit het hoofd geleerd. En: ik was voornamelijk geïnteresseerd in de wedstrijd van Bourges, de vlucht met de vredesduiven, die de duivenmelkers in een positief licht moet zetten.

Van Lucien Bloemkool zou ik het niet met zekerheid kunnen zeggen, ik denk het niet, maar tijdens de Tweede Wereldoorlog hebben in ieder geval behoorlijk wat duivenmelkers in de concentratiekampen gezeten. Wat daar de oorzaak van mocht zijn heb ik in geen enkel geschiedenisboek kunnen achterhalen, maar misschien kan het er iets mee te maken hebben dat Pablo Picasso in die periode de duif opnieuw als een symbool van de vrede onder de mensen bracht. Wie zal het ons nog zeggen? Feit is wel dat heel wat van die duivenmelkers achter prikkeldraad zaten in een gebied dat vandaag een stuk van Frankrijk is waar veel te zoete witte wijn wordt verbouwd. En dan moet ik meteen aan Struthof denken, het kamp dat ik in de loop van het millenniumjaar nog heb bezocht en waaraan ik een heel dubbelzinnige herinnering bewaar. Ik was er samen met de vrouw op wie ik toen nog maar pas verliefd geworden was, mijn hele ik was vol van haar, als ik haar naam in de oren van de bomen fluisterde spleten alle atomen in mijn lichaam en was ik in staat Parijs gratis en voor niks van licht te voorzien, en ondanks de keiharde confrontatie met de bestialiteiten van de mensheid liep ik daar voortdurend te denken of en hoe ik haar voor eeuwig en altijd tot de mijne zou maken. Geen foto van een levend skelet die daar verandering in bracht, geen gedachte aan een lampenkap van jodenvel die niet elke context binnen haar prachtige contouren plaatste. Het is een geruststelling dat de liefde soms sterker dan de grootste verschrikking is, maar toch, het wrong. Net zoals het wrong te zien dat de gaskamers daar waren ondergebracht in een lieflijk huisje in mislukte hoeve-stijl. Wie niet beter wist had daar met veel plezier zijn vakantie doorgebracht. Ik met haar. Voor eeuwig, inderdaad.

Onder de rookpluimen van die kampen, in de geur van verbrand vlees, zaten de duivenmelkers samen in hun barakken. Magere mannen in streepjespakken, niet geringd maar toch gemerkt met een nummer. En zij die daar de moed nog hadden om aan de toekomst te denken, in een toekomst te geloven, beloofden elkaar dat ze later deze gruwel zouden blijven gedenken met een duivenwedstrijd.

Roe-koe-koe.

Die duivenwedstrijd bestaat nog steeds: de vlucht van Bourges, ieder jaar in juli. (De andere vlucht van Bourges is in mei, maar die wordt uitsluitend door gepensioneerde duiven gevlogen, dan vliegen ze van Bourges rechtstreeks naar de braadpan, om het eerst alweer.) De opbrengst van deze vlucht gaat traditiegetrouw altijd naar oorlogsslachtoffers. Vredesduiven bestaan. Ze zijn bijzonder lekker mits gestoofd in bruin bier.

De inrichters van deze duivenvluchten vertellen zeer graag de ontstaansgeschiedenis van de grote vredeswedstrijd van Bourges en het siert hen. Maar ik moet al over heel veel empathische vermogens beschikken om voor mijn geestesoog Lucien Bloemkool geschoren en in pyjama in een ijskoude barak, bedolven onder de vlektyfus over de inrichting van een duivenwedstrijd te zien discussiëren met zijn lotgenoten. Maar als ik een reportage over de duivensport zou maken, dan moest en zou het over deze bizarre wedstrijd zijn.

Mijn vraag om met de duiven mee te reizen naar de startplaats vonden ze daar bij de Duivenbond zacht gezegd wat eigenaardig, maar werd na enig heen-en-weer-getelefoneer toch goedgekeurd. Ik zou tussen de duivenkorven in een treinwagon mogen zitten en na de wedstrijd zou ik op kosten van de Duivenbond met de hogesnelheidstrein vanuit Limoges naar huis kunnen keren. Er was wel een of andere secretaris of griffier of adjunct-weet-ik-veel van het bestuur die me nog contacteerde en vroeg of ik wel zeker wist dat ik dit wou doen. 'Je gaat geen oog dichtdoen, beste man. Je zit daar in die wagon tussen de korven, je gaat geen centimeter kunnen bewegen. Die duiven gaan lawaai maken tot ge zot wordt, het is daar niet te doen van het stof, en zodra de trein vertokken is, kunnen wij u er niet meer uithalen, al roept ge nog zo hard uw moeder.'

Jawel meneer, meereizen met die duiven is precies wat ik wil. Omdat ik daar aan niets anders zal kunnen denken dan aan het jodentransport, en omdat ik mij erover zal verwonderen dat jullie de hel van de deportaties herdenken door de duiven precies hetzelfde aan te doen. Dat zijn nu eenmaal de dingen waarover de reportagemaker zich moet verbazen. Maar dat zei ik niet, het had wel eens gekund dat ik mij anders voor de bok z'n kloten door honderden vergeelde bladzijden duivenmelkerslectuur had geploeterd. Hij had ook kunnen denken dat ik undercover een lid of zelfs een inspecteur was van dierenrechtenorganisatie Gaia, en die lopen altijd het gevaar om door dierenliefhebbers te worden afgerammeld met breekijzers en baseballbats.

'Weet dat u ook mee kunt rijden naar de plaats waar de duiven worden gelost met onze bus vrijwilligers. Dat zijn honderden mensen die belangeloos naar Frankrijk gaan om er de korven te openen, want al die duiven moeten min of meer terzelfdertijd de lucht in en daar is uiteraard veel volk voor nodig. Er is airconditioning, wc, en koffie voor iedereen.'

Waanzin toch, dat honderden mensen in een bus stappen met geen ander doel dan achthonderd kilometer zuidelijker een mand te openen, om dan onmiddellijk weer terug te keren. Ik vraag mij dan wel af wat de sfeer mag zijn in een bus vol duivenmelkers, maar doe mij toch maar een ticketje voor de beestenwagon. Heb ik weer wat te vertellen tijdens de volgende klassenreünie.

Ze vonden mij een eigenaardige man, op het getikte af zowaar, maar daar staan ze niet alleen in. Mijn plaats in het beestenhok werd gereserveerd en ik mocht een fotograaf meenemen.

En toen brak er opeens van alles uit: de oorlog in Irak, SARS en de vogelpest. Het duivenseizoen 2003 werd bedreigd, de minister van Volksgezondheid verbood het de duiven te laten vliegen, tot groot ongenoegen van de duivensjappers, die er professoren bijsleurden om te bewijzen dat vogelpest volstrekt onschadelijk is voor de mens en dat duiven de ziekte niet overbrengen. De situatie zag er voor hen al helemaal belabberd uit toen in Nederland iemand zo nodig moest doodvallen aan een volstrekt onschadelijke vogelpest en een dierenarts met een kamerwand vol ingelijste diploma's in tachtig stappen aantoonde dat duiven wel degelijk de ziekte verspreiden. Woedende duivensjappers wurmden zich een weg voor de tv-camera, zeiden dat hun beesten net in topconditie waren, maakten vergelijkingen met een sportman die naar de Olympische Spelen piekt en een week voor het ontsteken van de vlam te horen krijgt dat hij niet deel zal kunnen nemen aan de wedstrijd. Niks aan te doen, Frankrijk sloot zijn grenzen voor de Belgische duiven en ik was mijn reportage kwijt...

Iemand met een functie bij de Duivenbond heeft mij onlangs opgebeld met een stem van gebarsten glas. Als het duivenseizoen dit jaar nog van start zou gaan, zo klingelde hij, dan mocht ik nog altijd mijn reportage komen maken. Maar, voegde hij eraan toe, veel soeps zou het toch niet worden want er is in gans België geen halve duif in topconditie te vinden. 'Het zijn alleen de stomme kloten die dit jaar nog een duif op de lange afstand zullen inzetten. Voor uw reportage kan ik u, als er tenminste nog gevlogen zal worden, vrees ik, alleen maar achterlijke duivenmelkers presenteren.'

Het is spijtig dat Lucien Bloemkool is overleden, want ik heb zo het gevoel dat dit zijn seizoen had kunnen worden. Hij ruste in vree op een plaats waar hij nu misschien wel met de engelen speelt.

Die reportage is dan maar voor een andere keer. De elementen hebben het gewoon verhinderd dat een Windop een reportage aan een Bloemkool zou opdragen. De elementen zijn nog van de stomste niet.

Lucien Bloemkool rijdt op deze bladzij voorgoed uit mijn gedachten. In zijn blauwe kiel, met o-benen, op zijn brommertje. En boven de uitlaat van zijn brommertje: een korf duiven; tegen de tijd dat ze het duivenlokaal bereiken zijn die beesten al halvelings vergast.

De laatste der kaatsers

Kort nadat Polle Windop zijn broeksriem onderweg naar boven met veel gerammel had losgegespt en de trap onder zijn voeten kraakte, werd mijn nonkel Potrel verwekt. In de kamer naast de echtelijke sponde telden zijn toekomstige broers en zussen het aantal stoten waarmee de negende en laatste van het huishouden tot stand kwam. Net als Beethoven moet mijn grootvader hebben begrepen dat je 'r na negen symfonieën maar beter mee ophoudt en nonkel Potrel moet in deze context dan ook worden beschouwd als een bombastisch 'allegro ma non troppo' die 'un poco maestoso' het huishouden op zijn grondvesten zou doen daveren. Al werd te eniger tijd gefluisterd dat Polle Windop niet meer in staat was zich ooit nog één hipshake van zijn laatste voortplantingsdaad te zullen herinneren. Te lang aan een stoel in zijn stamcafé blijven plakken die avond met een waaier rotslechte kaarten in zijn hand, vandaar.

Van mijn nonkel Potrel (lang, smal en onnozel) moet ondanks zijn embryonale dronkenschap worden verteld dat hij zeer veel zaken zeer goed kan. Bijvoorbeeld op uw muil slaan, met de blote vuist of met een biljartkeu, en dit telkens weer op imponerende wijze. Okay, hij heeft veel kungfu-films gezien en loopt hoog op met de regie van Rocky IV; aan zijn manier van bloedneuzen slaan kan een geoefend oog zijn inspiratiebronnen zien. Hij is zo nog één van die laatste oude Belgen die een ruzie op grootvaderlijke wijze beslecht, nooit een mes of een pistool trekt, zijn slachtoffers liever naar de dokter dan naar de begrafenisondernemer klopt. Waardoor hij het ooit heeft geschopt tot veel te arbeidslustige buitenwipper in diverse discotheken waar op den duur geen volk meer over de vloer durfde te komen. Volledig het type dat de dagen tot de volgende kermis aftelt om dan weer met de mokerhamer de ene puck na de andere, klingelingeling, tot tegen de bel te meppen en met een ganse doos schuimwijn naar huis te wandelen. Of om zijn mannelijkheid te meten met de weinige uitdagers en in het lunapark de boksbal te laten beslissen wie er de sterkste onder de macho's is: iedereen zet zijn vuist tegen het ding, nonkel Potrel geeft er een ferme kopstoot op, en wint. Ook al draagt hij vandaag zijn schouderbladen en zijn kapsel naar de mode van de vikings, hij is uitsluitend gevaarlijk op aanvraag. Niet een hond, hijzelf bewaakt zijn huis dat u op eigen risico betreedt. Ik bedoel maar dat je niet tegen zijn kar moet rijden en dat je in dat geval best wel met hem naar een receptie kan. Waar hij u met graagte zal demonstreren dat hij, zoals gezegd, zeer veel zaken zeer goed kan. Ook drinken. De beste in zijn gewichtsklasse, op de voet gevolgd door twee van zijn broers.

Nadat hij zijn leraar van het eerste verdiep naar beneden had gesmeten (eigen schuld, hij had nonkel Potrel twintig bladzijden strafwerk opgelegd), vloog nonkel Potrel van de tijdverspillende school en kwam hij op zijn veertiende in het slachthuis terecht, waar hij met een zekere genoegdoening varkens keelde en een loon opstreek. Toch overklast hij iedereen met zijn talen. Zijn Duits heeft hij geleerd van de pornofilms die de Duitse zenders in de jaren tachtig uitzonden, en is op het gebruik van de naamvallen na angstwekkend goed. De Waalse meisjes die hij geregeld in een stationsbuffet aantrof schaafden zijn Frans bij en zijn langspelers van de Bee Gees zijn schatplichtig aan de kennis van zijn Engels. Een kleine tip: lach niet om zijn liefde voor de Bee Gees, of u kunt zich alvast een nieuw neusbeen bestellen. Alleen z'n Italiaans kan beter, maar dat heb je wanneer je de liedjesteksten van Eros Vermicelli als maatstaf neemt.

Ik, wellicht de enige van de familie die hem een romantisch beeld opkleeft, die zijn poëzie zou willen kunnen bezingen zoals Borges dat van de straatvechters van Buenos Aires deed, ben zeer gevoelig voor nederlagen bij Scrabble. Meestal verteer ik mijn verlies makkelijk maar in deze discipline ligt dat moeilijker. Autodidact nonkel Potrel vloert mij dus met twee vingers in de neus, legt zevenletterwoorden die niemand gebruikt, en haalt een gemiddelde eindscore van zo'n zeshonderdvijftig punten. Lezen doet hij nochtans nooit, tenzij artikels in *Natural Body*, het blad voor bodybuilders, met foto's van blinkende mannen en vrouwen die hun buik tot een pudding trekken. Genoeg dus voor een verpletterende woordenschat. Schaken doe ik niet meer tegen hem. Ik mag dan wel winnen, maar mijn zege is altijd hard bevochten en hij verzet zijn stukken terwijl hij het snooker op de BBC volgt, én ondertussen met een bic de meisjessnoeten in het weekblad van een snor voorziet.

Wat hij nog meer kan? Daags voor het huwelijksfeest zijn aanstaande laten zitten, Tino Rossi imiteren, de rook van zijn sigaretten met zijn oren inhaleren, een bierglas kapot bijten, op zijn arm de naam van zijn lief over de naam van de vorige laten tatoeëren tot het vanaf zijn nek tot aan zijn elleboog een kruiswoordraadsel lijkt, scheten laten op commando, fortuinen verliezen op de flipperkast, een strike gooien op een andere bowlingbaan dan de baan die je hebt afgehuurd, metselen, goocheltrucjes met zijn kunstgebit, een spiegelei bakken, en kaatsen. Dat laatste zelfs heel goed. In het bakken van spiegeleieren mag hij misschien niet alleen zijn, het werd al een hele opgaaf om tegenwoordig nog een kaatser te vinden, laat staan een goeie.

Tussen jukskei en kalkoenschieting staat het kaatsen in het sportwoordenboek zich op te maken voor het rijk van de vergetelheid. Jukskei, dat is de Zuid-Afrikaanse variant van wat ze in Alken pagschieten noemen en geitgatten in Herenthout, een spel waarbij je bieten of iets gelijkaardigs tegen een staak moet werpen. Schijnt plezant te zijn. En bij kalkoenschieten kan iedereen zich wel een beeld vormen. De laatste ezelskoersen worden nu gelopen, het getal hoefijzerwerpers slinkt, het ledenbestand van de Kempische paapgooiers krimpt, de pullepinners en de scherebaankegelaars moeten op zoek naar een nieuwe hobby. Tja, de moderne tijd zeker. Tja, het toenemende individualisme zeker. Eerlijk gezegd sta ik ook niet mijn zakdoek uit te wringen aan het graf van de laatste boegsprietloper en ik zal evenmin op straat komen om te eisen dat er subsidies worden gepompt in de heropflakkering van onze nationale ploeg in het fierljeppen. Hoogstens zal ik mijn moedertaal voelen verarmen met het verdwijnen van deze volkssporten. Maar dat de belangstelling voor het kaatsen afneemt, daar ben ik het hart van in. Immers is mijn nonkel Potrel een uitmuntend kaatser, altijd geweest, de wereld moet dat weten.

Zopas heeft de Belgische Kaatsbond het honderdste speelseizoen voor geopend verklaard. Met kleine trommeltjes en aandoenlijke trompetjes. Want het ziet ernaar uit dat het de laatste honderd kaarsjes op die taart waren, er zijn amper nog ploegen te vinden, het is al een hele prestatie iemand op te sporen die weet wat kaatsen is. Op school dachten mijn medeleerlingen tijdens het speelkwartier aan kaatsen te doen. Dan sloegen ze met de vuist een bal, die één keer de grond moest raken, tegen de muur. Een beetje zoals squash, of tafeltennis tegen jezelf, want de bal moest over een voslijn. Dat heeft dus in de verste verte niets met de nobele kaatssport te maken maar heet 'jeu de jésuites', inderdaad omdat het een typische collegesport is. Erasmus was daar een verwoed liefhebber van. Anderen denken bij kaatsen dan weer aan keatsen, wat nog iets anders is en wat we vooral in zijn Spaanse versie kennen onder de noemer pelota. De verwarring werd helemaal compleet toen men tennis meende te moeten uitleggen als 'kaatsen met een racket'. Dat kaatsen op zijn beurt tennis voor de pretentielozen zou zijn is al even ridicuul als beweren dat een oester de mossel van de rijke is, het gaat hem gewoon om een totaal andere sport. Alleen is het nog niet zo simpel om de regels van dit spel hapklaar uit te leggen. Ik probeer.

Het spelterrein is bij voorkeur een marktplein met minstens twee luidruchtige kroegen. Een wijkagent heet er nog gewoon champetter, en zijn taak is het ervoor te zorgen dat er geen enkele wagen op het plein geparkeerd staat. Dat is één.

Ten tweede. De zon moet schijnen. Een kaatser komen dezelfde privileges als de metselaar toe, wanneer het stront regent heeft hij het recht te gaan schuilen aan de toog.

Ten derde, en minder facultatief dan u denkt, moeten de kroegen over een aantal Zweedse banken beschikken. U weet wel, die blinkende balken waarop u ooit nog in uw hilarische turnuniformpje en met die knalwitte zweetslofjes evenwichtsoefeningen deed, wat uw wekelijkse aanleiding was om eens ferm te lachen om de dikste en de strafst bebrilde van de klas. Niets menselijks is ons vreemd geweest. Deze Zweedse banken staan op het marktplein en doen er dienst als zitmeubel voor de toeschouwers, van wie er velen de leeftijd van de Belgische Kaatsbond benaderen. Omdat het kaatsen tegenwoordig bijna nog uitsluitend in de Denderstreek beoefend wordt, is het aangeraden om, ten vierde, de aanwezigheid van een volstrekt mistroostige rivier te vermoeden. 's Zomers mag de wind de stank van dat open riool naar de omliggende dorpen voeren en er de lakens aan uw wasdraad bol blazen, zodat het lentefris parfum van uw wasverzachter tevergeefs was.

Nu kunnen we beginnen met spelen. Over de volledige breedte van het plein vraagt u iemand die ongeveer weet hoe een rechthoek eruitziet een rechthoek te tekenen. Waar de bal wordt *geleverd* moet het namelijk op een immens ongelijkbenige driehoek lijken. Die bal is van geperst hout, heeft de grootte van een kankergezwel in zijn laatste fase, en kan met zo'n kracht in je gezicht worden gemept dat je de eerstvolgende weken niet meer aan wiskunde doet. De mannen in het kaatsen zijn altijd een beetje echter, en beschermen zich niet. Hun enige alaam bestaat uit een lederen handschoen met rijgveters, op maat gemaakt. Mijn nonkel Potrel had een gele, en ik ben er stikjaloers op geweest. Sportschoenen zijn uiteraard een aanrader maar eigenlijk springt een kaatser in de kleren die hij verkiest. Spijkerbroeken kunnen. En dat mag de geloofwaardigheid van deze sport geenszins aantasten, tenslotte werd Raymond Ceulemans meermaals uitgeroepen tot Sportman van het Jaar en speelde hij biljart in een trouwkostuum.

Wat is nu de bedoeling? Twee ploegen slaan die bal naar elkaar. Klinkt niet bepaald opwindend, maar wacht. Waar de bal stilvalt op de straatstenen, wordt een denkbeeldige lijn getrokken. Ze hebben daar een kaatszetter voor (het equivalent van een ballenjongen), die aan de rand van het speelveld een bordje plaatst op dezelfde lijn als waar de bal neerkwam. Ik ben nog zo'n kaatszetter geweest, van mijn elfde tot mijn dertiende. Het was mijn eerste taak waarin ik verantwoordelijkheden leerde dragen en met stress omging. Want wanneer je dat bordje een centimeter te veel naar links of rechts neerpoot krijg je de woede van de supporters van de benadeelde ploeg op je dak. Het is niet omdat je een kind bent dat er geen volledig marktplein jou mag uitschelden voor debiel. Na de wedstrijd mocht ik dan met de klak rondgaan in het supporterslokaal van de thuis spelende ploeg, wat me per wedstrijd toch een heerlijke driehonderd frank opbracht. Driehonderd frank, dat was toentertijd een toeter bij de ijscoman met maar liefst dertig bollen vanille.

Wanneer er twee bordjes zijn geplaatst wisselen de ploegen van kant. Vanaf dan is het de bedoeling de eerste geleverde bal te laten stilvallen voorbij de denkbeeldige lijn die uit het eerste bordje vertrekt, de tweede geleverde bal moet over de lijn van het tweede bordje raken. Met andere woorden, hoe verder u die bal in het eerste spel krijgt geklopt, hoe makkelijker het wordt hem in het tweede spel over de lijn te krijgen. Dit is kaatsen in een notendop, een dappere poging om het officiële reglement te ontchinezen. En als u mij een beetje heeft gevolgd dan zal u begrijpen waarom ik ervoor ijver het kaatsen uit te roepen tot een olympische sport. Er zijn namelijk veel te veel sporttakken die grenzen aan het belachelijke en waarvoor men toch een plaats onder de olympische vlam veil heeft. Neem nu dat gedoe op het ijs, curling, de noordpolaire variant van wat de West-Vlaamse Platte-Bolfederatie (een platte bol?) populair poogt te maken: een speler schuift een schijf over het ijs, probeert zo dicht mogelijk bij de roos te raken, en ondertussen boenen zijn teamgenoten als hyperkinetische poetsvrouwen het ijs. Een verre afgeleide in feite van petanque tussen de elanden. Dat is dus olympisch, daarvoor smelt men dus de voorraad goudstaven tot medailles. Kaatsen daarentegen zou een cafésport zijn, omdat het altijd een estaminet als uitvalsbasis heeft. Waar zou het voetbal staan als er geen kantine was? Ah bon. Neen, de grenzen moeten ergens getrokken worden en het zou helpen om terug te keren naar de Helleense geest: slechts de sporten die naakt kunnen beoefend worden, verdienen verwanten van de goden in de tribunes. Niet dat het een gezicht zou zijn, ook niet in het geval van mijn nonkel Potrel, maar kaatsen voldoet aan deze voorwaarden. Bij de wintersporten ligt dat iets pijnlijker. Bovendien zou een sport klassiek moeten zijn, in de historische betekenis. Toen wij nog in de bomen hingen bekwaamde men zich op Mallorca reeds in het kaatsen, met stenen ballen. De Romeinen kregen die vaardigheid van de eilandbewoners in het snotje, noemden hen *Balearen*, echt waar, en probeerden de kaatsers in te lijven als dodelijke steenwerpers in hun leger. Dat zagen die Balearen echter niet zo zitten en ze wierpen zich in een van de grootste zelfmoordacties uit de geschiedenis met duizenden tegelijk van de rotsen in het noorden. Het einde van de grootste kaatsnatie was een feit, men doet er nu aan zonnebaden en techno. Al met al voldoende argumenten meen ik om bij de Spelen van Athene de fakkel ook voor de kaatsers aan te steken. Ik voorspel een spetterende finale tussen Maubeuge en Baisy-Thy.

Ik ijl. In het dorp waar je de knieën hoort knikken als mijn nonkel Potrel verschijnt, huisvestten vier cafés elk een kaatsploeg. Café Olympia, voor de liberalen. Café De Volkskring, voor de katholieken. Café Liars, voor de socialisten. En café 't Hoekske, voor de klasselozen. Het is in de ploeg van de laatste kroeg dat mijn nonkel Potrel het mooie weer maakte, een zodanige peer op het balhout gaf dat het nog altijd lichtjaren ver uit de annalen zweeft. En mooier dan dat, vrees ik, zal het kaatsen niet meer worden. In de jaren tachtig kon je nog samen met 2500 anderen de wedstrijden van kampioenenploeg Tollembeek aanschouwen, wat niet weinig is. Tollembeek is niet meer, de enige Vlaamse ploegen waar men nog op niveau aan kaatsen doet, bevinden zich in Baasrode, Terjoden en Kastel. Er is elektriciteit en telefoon.

1 juni 2002. De zon houdt haar generale repetitie voor de zomer en ik zal blij zijn als de eigenlijke opvoering even schitterend is. Alhoewel, ze doet aan overacting, het mag iets minder. Onze Citroën is een sauna. En een vuilbak. Voor we hem naar het autokerkhof rijden gunnen we hem nog een laatste rit, naar Ottignies, waar de kaatsers van Eerste Nationale het opnemen tegen Baasrode. Er is mij verteld dat het kaatsplein van Ottignies zich in de buurt van de watertoren bevindt, maar na het vijf keer aan een lokale man-met-sigaar-de-wereld-gadeslaand-met-zijn-gat-op-de-dorpel te hebben gevraagd, begin ik aan mijn kennis van het Frans te twijfelen. Niemand die er weet heeft van een watertoren in zijn dorp, niemand die er het bestaan kent van een spel dat hier *balle de pelote* heet. In Vlaanderen is het een stuk makkelijker om een watertoren van ver te zien staan, ze hebben er nauwelijks nog bomen, daar kan je door het bos zowel de boom als de watertoren herkennen. Wanneer we dan toch nog die watertoren toevallig aantreffen is er niet meteen een kaatsbaan te bespeuren. Een meisje dat zich samen met een hond een reden om te gaan wandelen naar zomaar nergens heeft aangeschaft, kan zich niet inbeelden wat ik met balle de quoi? bedoel. Hond en bazinnetje gaan naar dezelfde kapper, merk ik, en daar wordt onder de haardroger nooit over kaatsen gepraat. Dan maar rondjes rijden, hopend dat ons oud ijzer niet oververhit zal raken. Komt dat meisje ons ineens achterna gelopen, zich met haar armen een plaatsje in onze achteruitkijkspiegel zwierend, het keffertje wurgend aan z'n leiband: haar grootvader, die, die durft zijn traagste uren weleens te slijten aan koddige sporten. We moeten de eerste straat links eens proberen, altijd rechtdoor. Ze is hartelijk bedankt en heeft gelijk, op het parkeerterrein aan het eind van die straat herken ik wel degelijk de lijnen van een kaatsplein. Mét café. Café La Chope. Aan de toog meer glazen bier dan drin-

kers, ze kunnen het tempo blijkbaar niet aan. In de hoek van de kroeg slaat de teevee groen uit, Duitsland wereldbekert tegen Saoedi-Arabië. De lolbroek des huizes, we kunnen ons niet vergissen, draagt een narrenhoed in de Belgische driekleur. Hij voorspelt een finale tussen België en Senegal en zal in dat geval voor de Senegalezen supporteren. Een mop waarom ferm gelachen wordt, door hemzelf. Of hier gekaatst wordt, jongens? Jaja, om half vier, en de verbazing dat wij met die rammelende Citroën meer dan honderd kilometer lang ons leven op het spel zetten om daarnaar te komen kijken. Laat dat duidelijk zijn, dit zijn niet de topsporters van Eerste Nationale, dit zijn de drinkers van café La Chope die het straks in het kaatsen zullen opnemen tegen de drinkers van een ander café. Ze zijn bereid ons de weg naar die andere, en officiële kaatsbaan uit te leggen, maar verklaren ons zot niet naar deze match te kijken. 'In Eerste Nationale betaal je tweehonderd ballen en is het spel om vijf uur al afgelopen. Hier is het gratis, ambiance, en drankpauze na ieder gescoord punt.' De euro is een moeilijke munt, we blijven nog altijd in ballen denken. Nonkel Potrel (lang, smal en onnozel) rekent liever in lullen, dat is steeds aan halve prijs: 200 ballen zijn 100 lullen. Zijn humor is nogal nat.

De ploeg van Eerste Nationale heeft geen café, maar een kantine. Proper, afgelikt. Het terrein is zodanig afgespannen met reclamepanelen dat je geen glimp van de match opvangt als je niet hebt betaald. Hier denken ze reeds in euro, vijf euro. In de kantine schrik ik mij een hoedje als ik aan het bord met de voorlopige tussenstanden merk dat de toekomst van de kaatssport verzekerd is: Ottignies heeft zelfs een team bij de prepupillen, en ze staan voorlopig op kop. Wat niet gezegd kan worden van hun vaders, die hekkensluiter zijn. Het aanwezige publiek bestaat uit de vrouwen van de spelers en een paar extra familieleden met wie ze nog niet in de clinch liggen. Baby's en poedels meegerekend zijn we met hoop en al een dertigtal toeschouwers. Dit is dus de wereldtop, het Real Madrid van het kaatsen tegen Schalke 04. Triestig. De bal wordt heen en weer gemept, de punten geteld. Animo: geen. Lange rally's: geen.

De spelers roepen zich hees aan motiverende kreten, slaan elkaar bemoedigend blauwe plekken op het achterwerk. Veel geblaat, weinig wol, en ik begin te vrezen dat ze daar in La Chope gelijk hadden: dit is saai met een dagenlang gerekte lange a. Hops, sleutel in de sauna en terug naar La Chope, waar de match net begonnen is.

De spelers van La Chope omringen zich liever niet met baby's en poedels, zodat zij het eigenlijk met nog minder toeschouwers mogen stellen. Vijf man en een paardenkop. De paardenkop is arbiter. En zonder gezag, bij caféploegen kan nog onderhandeld worden over een twijfelbal. Aan het scorebord hebben ze een spelersvrouw gezet, van het kaatsen heeft ze zoveel verstand dat ze zo nu en dan aan een speler moet vragen: 'Wat is de stand eigenlijk?' Uiteraard zal deze partij niet om vijf uur afgelopen zijn; regelmatig verliest de bal zijn richting en komt hij in de ongeschoren haag van de buren terecht. Beide teams zitten dan een hele poos met hun kop in de struiken te zoeken naar dat balletje. Of er moet een wagen passeren. Of wijkagent Bernadette snort met haar mobilette over het kaatsplein. En het is warm, te, en de kroegbaas, die toevallig ook een speler is, moet even naar de tapkraan om er de droge kelen te smeren en de levers te vetten. Tussenspurtjes zijn hier trager maar het debiet ligt hoger: het is meer vlees dat zich verplaatst, het zijn meer bierbuiken en vetbandjes die zich in duizend seconden optrekken van nul tot enige meters per uur. Sport mag hier nog een spel zijn, het is niet abnormaal tijdens een smash aan een sigaretje te lurken.

De kaatssport heeft, toch in Ottignies, de eenentwintigste eeuw gehaald. Proficiat. De palliatieve zorgen die ze nodig heeft, worden het best nog aan de caféploegen uitbesteed. Maar ook de spelers en drinkers slagen er niet meer in om deze laatste pleinsport uit het slop te sleuren. Vrees ik. De prepupillen zullen zich ooit nog moeten heroriënteren.

Bij de Koninklijke Nationale Kaatsbond (met hoofdzetel te Denderbelle en in tegenstelling tot de Koninklijke Nationale

Duivenbond voorlopig nog zonder internet) beseffen ze dat de glorieperiodisten hun potlood voor het laatste hoofdstuk scherpen. Kaatsen, zo luidt het op de lege Zweedse bank, is geen televisiesport en is daardoor ten dode opgeschreven.

Vissen is gelukkig ook geen televisiesport maar daar worden dagelijks nog wel nieuwe vergunningen uitgereikt. (Ik weet, ik riskeer daar mijn leven mee, maar ik probeer me hier even de verslaggeving bij het provinciaal kampioenschap hengelen voor te stellen... *Nog drie minuten te gaan en Antoon Vanbiezen leidt met zeven snoekbaarzen, een forel en een tonijn. Links in beeld, Albert Metsue, met het rugnummer 853, is in de weer met zijn lijn. Ziet dat trekken. Ziet dat sleuren. Wat zal het zijn? Een karper! Ja-ja, ik denk dat het een karper is. Zeker twaalf pond en een ons. Wat een joekel! Spanning alom hier aan de vijver van het Liedermeerspark: haalt Albert die karper op? En zal hij hem nadien fileren en marineren in de rode wijn met wat sjalotjes?...*) Maar ze hebben daar in Denderbelle natuurlijk geen ongelijk. Na twee ballen wisselen de spelers reeds van kant, dat brengt weinig schwung in een rechtstreekse uitzending. Bovendien is de puntentelling van dien aard (het is niet toegestaan met het kleinste verschil te winnen), dat een match in principe een dag of drie kan duren. Kaatsen is een sport tijdens dewelke de toeschouwer een gigantische pijp kan stoppen. Het volleybal heeft zich uiteindelijk ook uit louter zelfbehoud aan de televisie aangepast, de speelsters moeten nu kortere broekjes dragen, de kijker is tevreden als ze heel hoog naar het net springen. Het volk vraagt kikvorsperspectief. Misschien moeten de kaatsers dan toch nog olympisch naakt. Ik stel met dat schone van een laatste wanhoopsdaad een promoteam voor met mooie, beroemde meisjes, en mijn nonkel Potrel (lang, smal en onnozel) die de trainingen leidt.

Ja, kamperen is een mooie zomersport

Het legendarische lied met de openingszin 'Ja kamperen is de mooiste zomersport, waarvan je steeds maar jonger wordt' (gitaarakkoorden C en G7), is niet in Hotton geschreven. Hoewel deze conclusie niet in een wetenschappelijk vakblad gepubliceerd zal worden, kunt u er toch maar beter nota van nemen. Dat ik het gezegd heb. Er is trouwens geen enkele reden om er zomaar van uit te gaan dat u nooit in het Ardense dorpje Hotton zult kamperen, het leven neemt soms onverwachte wendingen, vaak ten kwade.

Want waarom zou u bijvoorbeeld niet eens een dagje of twee met de tent naar Hotton gaan? De bossen kregen er de naam 'Het oerwoud van de gematigde streken' mee, wat uiteraard schromelijk overdreven is, maar dat hoeft u er niet bij te vertellen wanneer u nadien uw vrienden de vakantiefoto's toont. U kunt er over het Grote-Routepad 57 wandelen en er uw benen breken, of ginds in geval van mistroostig regenweer de befaamde Grotten van Duizend-en-Eén-Nacht bezoeken. Alle grotten lijken weliswaar op elkaar, maar dat doen Chinezen ook, en het spreekt vanzelf dat u na uw schoolreis van dertig jaar geleden bent vergeten wat het verschil tussen een stalactiet en een stalagmiet is. En des avonds slaat u uw haringen in de grond op het terrein van de camping die ik hier Réseau d'Égouts zal noemen.

Op papier is camping Réseau d'Égouts een droom: het terrein bevindt zich in een idyllische bocht van de Ourthe, midden in wat een stadsmens als de natuur beschouwt, en dat op vijf minuten lopen van het centrum. Bovendien heeft Le Réseau een streepje voor op vele andere campings: er is geen animatie.

Meer en meer moeten campings op bejaardentehuizen lijken, dat is de heersende, internationale trend. Op mijn lange weg naar de stilte van het bloedhete Zwarte Gebergte zette ik vorig jaar even voorbij de Loire mijn tent op. Ik had er gedacht op mijn gemak te kunnen kijken naar de druiven die ik later nog op een winteravond zou drinken, maar bevond me tussen op-en-neer wippende kinderen die, aangemoedigd door Hollandse animatrices (ook 'animatrassen' genoemd als ze voor Club Med werken), kleuterliedjes van K3 playbackten. Als Belgische artiesten in het buitenland wensen door te breken, moeten ze hun niveau naar beneden halen. Deze zomer nog werd ik op een camping in de buurt van Spa uit mijn slaap gejodeld door een Hollandse entertainer die luistert naar de naam Dick Braat. Een man met een kop ongeziene krullen, die zijn boterham verdient door op campings wereldberoemde covers te kwelen. Meezingers, zo is er met een beetje geluk toch één iemand die niet vals zingt. 'Je bent nooit alleen op de camping,' zong hij, die Dick, op de melodie van 'You'll never walk alone'. Hij had deze intrigerende vertaling opgedragen aan twee tieners die elkaar op deze camping gevonden hadden in de liefde. Dick Braat had spijtig genoeg gelijk: je bent nooit alleen op de camping.

Maar in Hotton heeft men geen last van Dick Braat, noch van zijn imitators, en men heeft er geen hinder van opjuttende animatrassen. De mensen moeten daar zichzelf animeren, en ik ben dan altijd bang dat ze zoiets in de douche doen. Om mij smerig te voelen volstaat het dat ik mij op een camping onder de douchekop zet. Er is geen sprake van dat ik mij zonder sandalen onder de waterstraal begeef. Als er tenminste al een straal water is. Je zit er te prutsen aan alle mogelijke draaiknoppen om toch maar een druppel uit de totaal verkalkte waterleiding te krijgen, om dan een kokendhete minuut te beleven die niet eens geleidelijk overgaat in een ijskoude minuut. Je ziet de haarballen van je voorganger afdrijven en het afvoerputje verstoppen, over de gele plekken op de vloer durf je jezelf geen vragen te stellen, het washandje dat is blijven liggen raak je best niet aan. Voor je propere kleren is er zelden plaats, na het douchen zullen je schoenen zeiknat zijn, tegen de tijd dat men zich op deze vierkante centimeter heeft afgedroogd, hebben er zich boeiende schimmelkweekjes tussen je tenen genesteld. En dan spreek ik nog over de betere camping, waar dikke mannen deuntjes fluiten onder de douche om zichzelf wijs te maken dat ze thuis zijn, of om andere geluiden te overstemmen. Ik spreek hier nog over campings waar het niet zo heel erg hard naar pis stinkt en waar men zijn tanden kan poetsen boven een wastafel vol sporen van een bijzonder natte rokershoest. Ik heb het over campings met één of zelfs meerdere sterren, waar je naast jou op het toilet iemand zichzelf hoort te pletter schijten, iemand die zodanig kermt en kreunt dat het op hyperventileren lijkt, tot je zijn drol hoort plonzen en je weet dat zijn billen nu kliedernat zijn. Daarna het ritselen van zijn krant, daarna het gebrom ten gevolge van het besef dat de lege rol toiletpapier nog niet vervangen is. De twijfel tussen de vlakke hand en de smerige onderbroek. Dat, dát, zijn de campings die nog sterren krijgen.

Le Réseau d'Égouts heeft géén ster. Je hebt er laarzen nodig om naar toilet te gaan, de geur van stront is er alomtegenwoordig. Welkom in de anus van de gematigde streken.

Ik ben een proper mens, ik was me niet op een camping. Nooit. En bovendien verdraag ik de aanblik niet meer van mensen die in hun onderbroek over een paadje lopen, nonchalant met een handdoek over hun schouder en een rol wc-papier in de hand. Ik weet dat er op een camping vaak geen andere keuze is dan je met je eigen rol toiletpapier naar de plee te begeven, maar ik heb er een hekel aan. Alsof je wereldkundig wilt maken dat je moet gaan kakken. Ook dit is niet bepaald mijn idee van kamperen: aan dezelfde wastafel staan met iemand die rochelend en kokhalzend zijn tanden staat te schuren. Vrouwen die zijn opgetrokken uit vele lagen pudding en die naast elkaar langdurig hun loshangende haren staan te kammen, en die daarna in een langs alle kanten uitgerekt badpak langs mijn tent flaneren, laten een traumatische indruk op me na. Zij kouten over koetjes en kalfjes naast een emmertje vol maandverband. En dat is een goede reden om je vakantie op Le Réseau te spenderen: iedereen met nog een beetje functionerende zintuigen moet kotsen van het sanitair, er is nauwelijks iemand die zich daar wast. Een wasbeurt wordt er vervangen door een bus deodorant. Op dat punt verdienen ze in Hotton een ster, een fonkelende. Eerlijkheidshalve moet ik eraan toevoegen dat er hier wel een smerige douche beschikbaar is, maar daarvoor moet je de sleutel vragen aan de baas. Daarvoor moet je vijf kilometer lopen om iemand te vinden die weet waar de baas is. Een maatregel die ingang vond toen bleek dat al die tegen hun zin in op vakantie meegesleurde jongeren elkaar in de wasplaatsen hadden ontmaagd en ontknaapt.

Nochtans heeft deze camping een veelbelovende ingang in de vorm van een bareel. Je hebt er een speciaal kaartje voor nodig om binnen te raken, dit wonder van de techniek straalt veiligheid en comfort uit. Wie twee meter verder loopt, ruikt de zoete geur van rotheid, afkomstig van vuilniszakken die toeristen daar in containers wilden gooien. Ware het niet dat die containers al een volledig seizoen vol zitten en niemand zich de moeite heeft getroost om de hele troep naar het stort te brengen. Het zijn mooie katten die er de zakken openkrabben.

Ik was naar de kantine gegaan om te vragen of er nog plaats beschikbaar was voor mijn tentje. Bezopen mannen in blote bovenlijven zeiden me dat ik daarvoor de baas moest hebben, en hun getatoeëerde armen wezen mij de richting. Het lekkere wijf dat ze in hun vizier kregen, waar ze het meteen over hadden en die ze best eens manhaftig op hun knie wensten te leggen, stond aan de deur, en was toevallig mijn lief.

De baas van de camping bleek zich uiteindelijk in een versleten caravan te verschansen. Hij had het postuur van iemand die zich de afgelopen twintig jaar uitsluitend met conservenblikvoeding heeft gevoed. Witte bonen in tomatensaus en brokjes worst, gokte ik. Zijn gezicht zat onder het bloed, dat nog niet helemaal gestold was, en op mijn vraag of ik hem kon helpen, liet hij een gemompel horen. Hij scheen het vervelend te vinden dat iemand van zijn camping wenste gebruik te maken. 'Zet je tent maar ergens recht,' zei hij.

'Wij hebben toevallig ontsmettingsmiddel in onze rugzak zitten, als we jou daarmee van dienst kunnen zijn,' zei ik met een bedenkelijke blik op zijn opengereten gezicht gericht. Maar ik moest me met mijn eigen zaken bemoeien. Er zijn nochtans hotels waar men zich aan een welkomstcocktail mag verwachten.

Onze tent stond nog niet helemaal recht of we hadden al kennis gemaakt met de bewoners van de stacaravans in de buurt van ons perceel. Containers op wielen, met schotelantennes die hun leven zin gaven, en tuintjes vol plastic kabouters. Ze kunnen meer dan veertig televisiestations ontvangen, en dan nog overkomt hun de catastrofe dat er geen zak te zien is op tv. Dat zijn de momenten waarop ze hun kruiswoordraadsels oplossen onder de parasol, in diep gepeins sabbelend op het topje van een balpen die reeds vol oorprut hangt, of dat ze even hun hond van de ketting halen om er een wandelingetje mee te maken. Vakantie.

'Het is hier schoon om te wandelen,' zeiden ze: 'We komen graag met *onzen Blackie* naar hier in de zomer.' Ze wilden ons zoveel vertellen, het liefst meteen hun hele leven. Ik wachtte liever tot hun leven afgelopen was, dan was dat verhaal tenminste af en kon ik het in één keer volledig horen. Zodoende sloeg ik het aanbod om een kopje koffie te komen slurpen in hun caravan maar af. Het gaf hun iets meer tijd om na te denken over een Italiaanse rivier met twee letters, ze moesten onze onbeleefdheid maar als een voordeel zien.

En daar zaten we dan, mijn meisje en ik, aan de Ourthe. Voorbereid op een heerlijk weekendje rust in de natuur. Voor de muziek werd gezorgd door onze overbuur, gratis en tot half twaalf 's avonds. Radio Nostalgie. Een poedel wilde het bewijs leveren dat hij een hond was en poogde luider te blaffen dan de

Duitse herder van een paar percelen verder. De bal die in onze voortent werd getrapt was afkomstig van een heel dom kind dat er gewoonweg niet aan dacht dat ballen kunnen worden opengesneden met hele lange messen. De jongen zei niet eens 'dank u' toen hij zijn bal terugkreeg. Een visser belemmerde ons zicht op de Ourthe. Na enige tijd zijn verveling met een hengel en een schepnet te hebben gecamoufleerd, toonde hij ons trots het kleine visje dat hij had opgehaald. Een halve duim groot, je kon het barbecuen op een theelichtje. Als hij het visje van zijn haakje haalde, scheurde het hele beest in tweeën. Misschien had hij applaus van ons verwacht, ik weet het niet. Zijn klederdracht was geïnspireerd op die van de rijke burgers uit Sint-Martens-Latem die tegenwoordig massaal in hun onderbroek op het dek van hun kleine jacht staan en zichzelf in deze pose naar de Gentse binnenstad loodsen. Het moet psychologisch heel bevrijdend werken je niet langer meer te schamen om je immense lelijkheid. Afstotelijkheid ten teken van de goede smaak, naar analogie met de moderne kunst. Zie naar mij! Zie naar mij! Zie alstublieft allemaal vijf seconden lang naar mij!

Een beetje verder in het water roestten autowielen en dreven kinderen op de banden ervan. Kajakkers dreven voorbij, schuurden over de rivierstenen, en keken regelrecht onze tent in. Een moeder liet haar kind met zijn warme pamper pootjebaden tussen de blikjes bier.

's Nachts strompelden bezopen mannen over de touwtjes van onze tent, we telden de weinige stoten dat het liefdesspel in de tent naast ons in beslag nam, en baden tot nog onontdekte goden dat het theatrale gekrijs van het kreng meteen zou ophouden. Nadat de buurman zich als een man weer op zijn rug legde (zo beeldde ik mij in), nadat hij het snot van zijn neus met een luidruchtige reutel naar zijn keelgat had getrokken en ingeslikt (zo hoefde ik mij niet meer in te beelden), werd eindelijk alles stil. Op de krekels en de cicaden na, zij hoefden niets te faken en kwamen met manieren klaar.

We werden als laatste van de hele camping wakker in de misselijkmakende hitte van de tent. Voor veel vakantiegangers is het een plezier om reeds om zeven uur 's ochtends op te staan en dat wereldkundig te maken. Wij hadden het hier wel gezien en kraamden op.

'Po!' zei de overbuurvrouw trots toen wij onze tent opvouwden.

'Excuseer?'

'Po! Italiaanse rivier met twee letters. Po!'

Het gezicht van de baas bevond zich inmiddels onder een laag etter, en ik schatte in dat het onvrolijk keek toen wij kwamen afrekenen. 'U bent maar één nacht gebleven,' zei hij, maar meer durfde hij niet te vragen. Ik vermoedde dan ook dat zijn gezicht tot moes was geslagen door een klant die ternauwernood het sanitair had overleefd en aan wie hij nog geld had durven vragen ook.

'U bent maar één nacht gebleven, ach, euh, dan hoeft u niets te betalen.'

We hebben niet aangedrongen. Er was niks dat die man nog kon schelen, wist ook de vlieg die zich te goed deed aan zijn etterende wonden.

Chasse patatte en zeer aan 't gat

Zo reden ze mijn leven in: aangekondigd door een racewagen beschilderd in kleuren die God over het hoofd had gezien en vloekten dat het geen naam had. De copiloot joeg zijn beste kermisstem door de microfoon en vermeldde het aantal nog te rijden rondjes. Een man die de leeftijd had bereikt waarop hij zich veel te veel gewassen had op de verkeerde temperatuur zodat hij was gekrompen tot kindhoogte hield fier het verkeer tegen: een tractor, een fiets, een Citroën in strijkijzermodel. Om zijn arm verschafte een tricoloor bandje hem gezag en pauselijke onfeilbaarheid. We staken onze koppen uit en wachtten. En dan kwamen ze aangestoven, de renners. Onze jongens. *Allee Lucien, allee Lucien, allee.* Hun snelheid mengde de kleuren van hun truitjes, kunst hing daar gewoon ergens in de lucht. Hooguit tien seconden waren ze in beeld en wat te bezien viel was vaak niet meer dan het weggooien van een drinkbus of het lozen van overtollig fluim en snot. Als je geluk had. In de bocht verdwenen ze voor weer een half uur, maar de geur van hun billen bleef nog even in onze straten hangen. De melange van een wortelextract, scheerzeep en zweet, en ik die wou dat je daar ook snoep van had. Na de wedstrijd kregen onze helden bij de dochter van café Pigalle een aker met warm water en mochten ze zich daar in de garage gaan wassen. Hun gewonnen bloemstukken en beenhespen nam de gastvrouw tijdens de wasbeurt in verzekerde bewaring, ondertussen had ik er mijn spaarzwijn voor over om even in die garage mijn borstkas bol te snuiven. De geur van soepel gereden koersbil is mijn eerste neuslijke sensatie en goed zal ik hebben geleefd wanneer het ook mijn laatste is.

Op televisie bleef het wielrennen koppig ruiken naar koffie

en gebak, ook wel naar het kussen waar mijn zieke grootmoeder een ganse dag op zat, en weinig anders restte me dan achttien jaar te worden en de zesdaagse van Gent te ontdekken. Daar hoef je geen half uur op de volgende doortocht te wachten. Daar zit je tussen de renners, met de neus op hun blinkende kuitspieren die ze tegen zestig en sneller per uur naar de nok van het pistehout centrifugeren. Negen seconden en oneffen per pisteronde als het moet, en wie 't in minder doet is een kampioen. Hem wacht aan de meet van de bloemennimf een hard bestreden zoen. We moeten daar niet min over doen, de Gentse zesdaagse is het hooglied van de poëzie.

Het begint al waar poëzie beginnen moet: bij het begin. Wanneer de renners aan het publiek worden voorgesteld. Van de liefde leeft geen mens alleen, van de liefde leeft men het liefst met twee, en daarom kampen de gladiatoren hier in paren. Zij aan zij rijden zij een rondje en groeten de aanwezigen. Zes dagen lang, zes avonden op rij, zullen renner en toeschouwer met elkaar doorbrengen, het is niet meer dan elementaire beleefdheid om dan eventjes aan elkaar te worden voorgesteld. De commentator roemt de waarden en de deugden, doet het boekje van elke renner open. *Sportliefhebbers, sportliefhebbers... Streekgenoot Luc De Duytsche. Luc De Duytsche dames en heren. Heeft zijn kunnen al bewezen bij de jongeren en zal ook bij de profs niet onopgemerkt voorbijgaan. Zijn grootste troef is zijn stalen doorzettingsvermogen. Luc Deeeuuuuu Duytscheeeeuuuuu!!!* Mensen klemmen hun bekertje bier tussen de tanden om te kunnen applaudisseren. Applaus dat voornamelijk door de volksmenner achter de microfoon wordt afgedwongen. De slotcadansen die hij in zijn redevoeringen verwerkt, de herhalingen die hij inbouwt, het is allemaal stof voor de retorenschool. Wie hier zes dagen onder het dak van de Kuip doorbrengt komt terug thuis met alle grote trucs van de retorica en zal makkelijker zijn groot gelijk halen tijdens een fikse kroegdiscussie. Ondertussen rijdt Luc De Duytsche samen met zijn makker Gerd Dörich een rondje op de tonen van de Vogeltjesdans. *Sportliefhebbers, sportliefhebbers...*

Dit duo, de schrik van Denemarken en ook hier in Gent te duchten deze week... Manu L'Hoir en Jimmy Hansen, sportliefhebbers! En weer dat bekertje tussen de tanden. De Denen groeten het publiek terwijl 'The Eye of the Tiger' op volume vijftig staat. En dan volgt er zowaar een emotioneel moment, sportliefhebbers, sportliefhebbers. De commentator krijgt een veelvuldig voor de spiegel ingestudeerde krop in de keel en kondigt Andreas Kappes en Etienne De Wilde aan. Etienne, de wereld is daarover ingelicht en de sterren schijnen wat doffer deze week, rijdt zijn allerlaatste zesdaagse voor eigen publiek. Een monument. Een door godinnen ingebonden blad in de geschiedenis. Zondag, als de koersdirecteur de laatste ronde tegen de klok klepelt, gaan hier tranen vallen. Gaten in de aarde zullen ze boren, zo'n zware. Maar geen nood, want *sportliefhebbers, sportliefhebbers, 23 februari gaan wij hier het afscheid vieren van Etienne De Wilde, alias De Blonde Pijl, met een gastoptreden van niemand minder dan Helmut Lotti. Kaarten zijn verkrijgbaar aan de kassa.* Helmut Lotti werd alleen maar Elvis Presley omdat hij mislukte als Eddy Merckx en heeft zich definitief in de harten van de wielerfanaten genesteld met zijn nu reeds legendarische uitspraak: 'Voetbal is een spelleke, koersen is een sport.' Het copyright van deze slogan is voorlopig nog door niemand opgeëist.

De renners hebben zich op gang getrokken voor een ploegkoers van vijfenveertig minuten. Sommigen worden gedubbeld, anderen op twee ronden gereden, zo nu en dan is er een applausje of een claxon te horen omdat een ploeg een ronde goed maakt of een demarrage plaatst, er is een groot computerscherm voor nodig om het publiek in te lichten over de stand van zaken. Het is vooral in deze tak van het pisterijden dat de kenner zich van de leek onderscheidt, het is hier dat je merkt wie komt voor het sociale gebeuren en wie voor de sport. Maar plaats is er voor iedereen. Er zijn de ouderen die hun tijd verdelen tussen de duiven en het kaartspel en die hun schoonste klak opzetten en nog een bad nemen precies omdat het de zesdaagse is. Zij hebben de straffe verhalen over Patrick

Sercu en Rik Van Looy in pacht, zij hebben het kapsel hunner echtgenotes in krulspelden gestoken om hier vanavond in alle waardigheid de pistiers aan te moedigen. Ook proper gekleed en met iets bespoten zodat het lijkt alsof ze deftig gewassen zijn, zijn de bedrijfsmensen die hier op kosten van de sponsors getuige van een exotisch want volks gebeuren mogen zijn. Hun das kost minstens drie keer zoveel als een binnenband, het pak waarin ze steken is eigenlijk alleen geschikt voor een verkooponderhandeling of een begrafenis. Ze spelen met de wielerpronostiek als met een beursaandeel en hun koersinzicht is van dien aard dat ze reeds drie jaar op rij Frank Vandenbroucke aan de top van de UCI-ranking plaatsen. Enthousiast doen ze alleen wanneer hun gsm tiebediebediept en zij met uitgestoken nek tegen hun gespreks- en zakenpartner mogen schreeuwen: 'Ik sta hier op de zesdaagse, kunt ge alstublieft wat luider spreken!' En dat terwijl Bruno Risi met zijn tokus in de lucht en de kop op het stuur *chasse patatte* een ronde pakt.

Poepeloerezat raak je hier op drie manieren. Je kan jetons kopen en die inruilen tegen bekertjes Jupiler, ook vrouwen weten waarom. Een tweede mogelijkheid bestaat eruit dat je een ticket koopt voor het middenplein en daar nauwgezet de wedstrijd volgt. De ganse avond draaien de renners tegen de wijzers van de klok in rondjes, ze vliegen jou langs alle kanten voorbij, langs links, langs rechts én langs boven, en als je hen niet uit het oog wilt verliezen heb je geen andere keuze dan voortdurend rond je as te tollen. Deze bezattingswijze heeft als voordeel een lage kostprijs en een hoog rendement. Anciens hebben echter een techniek ontwikkeld om uitsluitend met het hoofd de renners te volgen, al moet je hiervoor wel in de korte bocht gaan staan en lever je per ronde een fractie van een seconde in. De derde manier om dronken te raken is de vaakst voorkomende en is een combinatie van de twee voorgaande. Uitzonderlijk is het niet dat om twintig voor twee 's nachts de pistiers de finale van een derny afwerken terwijl hun supporters zich aan het meekelen van het Smurfenlied bezondigen.

Die muziek is trouwens de steunbalk van de hele zesdaagsesfeer. De discografie is volledig afhankelijk van het wedstrijdverloop en de stijl van elke renner. Wanneer er een klassementssprint wordt aangetrokken draait de deejay de Sabeldans van Khatchaturian. Hier en daar hoor je weleens iemand met veel poepelderij op 't lijf knorren dat dit getingeltangel niet kan tippen aan de uitvoering van het Royal Scottish Orchestra onder dirigent Neeme Järvi, maar een feit is en blijft dat de deejay toch maar weer eens mee de koers heeft gemaakt, dat Matthew Gilmore het baanrecord aan flarden reed doordat dit opzwepende stukje ballet de adrenaline door zijn aderen joeg. Ook het publiek weet dat de seconden suizebollen op het scorebord wanneer Khatchaturian iedereen het zwijgen oplegt. Bepaald stil vallen die coureursbenen evenmin van een lekker stukje Bizet, Offenbach, of, altijd dankbaar, Rossini ondersteund door een portie beats. Over smaak valt misschien te twisten onder smaaklozen maar een zesdaagse heeft wetten die grenzen aan het wiskundige, waardoor deze deunen perfect gevolgd kunnen of zelfs moeten worden door Will Tura, Marco Borsato, noem maar op. De muziekgeschiedenis heeft werkelijk aan elk type renner gedacht.

Sportliefhebbers, sportliefhebbers, onze Zwitsers Bruno Risi en Kurt Betschart, die trouwens met elkanders zus zijn getrouwd, beginnen nu aan de eerste van drie voorbereidende ronden voor de tijdrit over vijfhonderd meter met vliegende start.

Het is de tragiek die helden maakt. Luc De Duytsche is uitgevallen wegens een infectie aan de luchtwegen, ruis op de longen, en dat betekent dat Gerd Dörich, de stakker, werk voor twee moet verzetten. Dat is zottenspel uiteraard, maar Dörich heeft het vacuüm geroken dat De Wilde hier zal achterlaten en is aardig op weg om de publiekslieveling te worden. Hij jut het volk op, organiseert het voltallige peloton tot het rijden in sierlijke formaties, hij vindt het sierrennen uit (een fiets kan schever dan een schaats), trekt de wave op gang. Het ligt hem. Een

Duitser, heeft voeling met bierfeesten. Ook Jean-Michel Tessier vraagt eventjes te worden geneutraliseerd wegens ondraaglijke kontpijnen. Hoe kapotter het gat, hoe groter het medeleven van de volgelopen tribunes.

Er groeit een band tussen renner en publiek. Ze beginnen elkaars zwakheden en sterkten te kennen. Dag na dag voelen ze beter wat de ene van de andere verlangt en uiteindelijk zit de sportliefhebber, sportliefhebber, een volledige week met zijn hoofd in die zesdaagse. Wanneer ik mij klaarmaak om voor mijn derde avond naar Het Kuipke te vertrekken heb ik een ganse dag aan Tessier zijn gat gedacht, me afgevraagd of zijn masseur het allemaal op tijd in orde heeft gekregen. Dat overkomt me zelden. Je leeft ook samen met hen. Voor jouw neus worden ze gemasseerd, maken zij hun plas, victorie en nederlaag worden samen gedeeld. De eerste avond kost het nog moeite om de ploegen van elkaar te onderscheiden, je doet het met de kleuren van hun truitje. Naar het einde toe heb je voldoende aan een grimas, een kuit, de knik in een knie. Ja, je herkent ze op den duur aan de kleur van hun fluim. Er schiet een rug uit het pak en je zegt zelfverzekerd: Van Zyl. En Van Zyl zal het zijn. Jean-Pierre voor de vrienden, een Zuid-Afrikaan. Een witte.

Khatchaturian. Want De Wilde en Slippens zijn als enigen overgebleven in de afvallingskoers. Tussen deze twee zal het gaan. Een van hen pakt subiet de Grote Prijs Tartuffe en schuift naar de kop van het algemeen klassement. Slippens op kop. Etienne aan zijn wiel. Een *wielekenszuiger*. Ze staan niet stil maar het scheelt niet veel. Mogen we hopen op een *surplace*? Neen. Slippens kijkt om, is er niet gerust in. Maar Etienne gebaart van niets. Ervaring troef, die man. Een ouwe rot maar dan dat ouwe van een rots. Nog twee ronden. Wie schiet hier 't eerst de kemel. Tactiek is het. Koersintelligentie. De kop én de benen. Anticiperen. Schijnbewegen. Op het hoogst van de piste rijden ze, nu al drie ronden, en Etienne jaagt Slippens op. Recht op de trappers die twee. Slippens kijkt nog eens om.

Nog anderhalve ronde. Karamelpatat, het kot ontploft, Etienne duikt naar beneden, geen kogel die hem volgt. Tenzij die kogel natuurlijk Slippens heet. Iedereen recht op de banken. Men krijst als meeuwen, tiert en brult en vloekt en stampt. Het gaat hard, beenhard. Khatchaturian volle bak. Nog een halve ronde. Slippens komt langs rechts. Maar dat is steil en dat doet zeer. Maar hij moet. De Blonde Pijl laat hem geen keuze. De spieren in het zuur. Tong uit de muil. Bloed zweten ze uit. Zij aan zij vlammen ze over de laatste rechte lijn en hoewel niemand met het blote oog kan zien welk achterwiel het laatst de meet overschreed, is het Etienne die zijn vuist de lucht in priemt. De hemel krijgt een boks, zo'n vuist. Sinte-Pieter ligt voos in de tent van het Rode Kruis. In de cd-lader van de deejay: de evergreen 'Laaaaa la laa la laaa, laaaaa la la la laaaa'.

De geur van koersbillen is al geruime tijd opgelost in een wolk die volgens mij alleen maar over Vlaanderen en een Münchener bierfeest drijft. Een parfum dat gelukkig niet op beesten werd getest en is samengesteld uit gebakken ajuinen, hamburgers, trippen in alle maten en gewichten, bier, bejaarde mannen, kapsalon, de pissijnen van café De Vier Emmers te Wippelgem, hemden met de kaart van de States onder de oksels, en sigaretten, duizenden sigaretten. Het voer voor carnivoren verkoopt zeer goed, aan de vloer kleeft mosterd en saucisse. Niet alleen de renner, ook de supporter raakt hier geveld door een infectie op de luchtwegen. Ruis op de long en ruis in de kop. Schor gerookt, geroepen en gehoest keert de fanaat naar huis terug. Niet één ploeg liet zich sponsoren door Vicks.

En dan zien we de prangendste geur nog over het hoofd: uitlaatgassen! Drie keer per avond gonzen dernybrommertjes door het fietspaleis. Er trekt een dichte mist over de velodroom die pas optrekt eens het laatste vat is leeggetapt. In deze nevel zwoegt de fietser, klampt hij zich vast aan het achterwiel van de prutprutmobiel en probeert hij samen met zijn gangmaker het snelst vijfenzeventig ronden horendol te draaien. Vanuit de catacomben klinkt dit gesputter als een zwerm wreed bloeddorstige muggen tegen wier beten vooralsnog geen jeukwerend middel werd gevonden. Vijftien minuten duurt dat lolletje. Mensen gaan luider praten om andere redenen dan louter alcoholische. Van alle pistetakken is de derny nochtans de enige die van de man een jongen maakt. Dit is de sport van de nog baardloze knaap die zijn kleine triomf zoekt als hij zich uit de wind laat rijden door een brommertje, als hij dat brommertje zowaar passeren kan. Ik beken, ook ik liet graag een tweetakt mijn rug zien. Ik won als ik voor het brommertje aan de kerk was. Nog drie-, vierhonderd meter. Khatchaturian. En winnen deed ik. De smaak van de zege plakte in mijn droge mond, en dat ik nadien moest kotsen van de inspanning nam me mijn verzonnen medaille toch niet af. In mijn hoofd: de Brabançonne. Mensen streken en steven hun vlaggen en hingen ze uit. Op het hoogste schavot, sportliefhebbers, sportliefhebbers, de mens die de machine overwon: alias De Viking Van Nieuwerkerken, Dimitriiii Veeeerhulst! Maar ook tot Elvis Presley kreeg ik het niet geschopt.

Die week liep ik door heg en steg in de gele trui die mijn grootmoeder me had gebreid. De mensen breien niet meer, supporterssjaals en truien worden nu gewoon aan een kraam gekocht.

Ik heb altijd gedacht dat niemand zo belachelijk op een brommer kon zitten als de mensen in mijn dorp, maar dat was voor ik de zesdaagse had ontdekt. Om te beginnen is die gangmaker zijn voertuig te lullig voor een brommer en te veel een grasmachine voor een fiets. Ten tweede is daar de gangmaker zelf. Niet dat hij zelf iets in de pap te brokkelen heeft wat zijn kledij betreft, maar ze hebben hem dan toch maar in een kardinaalpurperen shirt gewrongen waarop de leeuw van warenhuisketen Delhaize om aandacht brult. Zijn onvermijdelijke o-benen zitten in een maillot zodat een opvoering van *Het Zwanenmeer* in de lijn van ieders verwachting ligt. En als je dan ook nog eens Joop Zijlaard bent, als je één gangmaker kent is hij het wel, is ons gevoel voor proportie helemaal loos. Van zijn buik wordt beweerd dat hij die op z'n stuur kan leggen en, of het nu al dan niet de waarheid is, onnozel veel zal het niet schelen. Dat maillot, die buik, en dan iets wat het midden houdt tussen een helm, een lampenkap en een soepketel op zijn kale schedel. En dat dan nog eens rondjes draaiend op die gemotoriseerde rariteit. Met daar een renner achter. Kunt u het zich een beetje voorstellen? Maar Zijlaard – ook wel minzaam Nijlpaard genoemd als het laat genoeg is – heeft zijn sterstatus uiteraard niet alleen met zijn figuur verworven. Met Merckx deelt hij de reputatie een kannibaal te zijn, iemand die geen overwinning kan laten liggen. En dat zal de hem toegewezen renner geweten hebben. Zijlaard klopt van colère op zijn stuur, trekt het gashendel open tot zijn pistier versmacht, maar winnen moet en zal hij. Nou ja, de belangstelling voor dit zesdaagse-onderdeel is wat geluwd en daverend is dat applaus voor Zijlaard nu ook niet meer. Te vaak gaat het in de catacomben van dit gebouw van mond tot mond dat elke derny op voorhand is verkocht. 't Is maar theater. Net zoals de catch. Koers is voor de Kuip en theater voor de stadsschouwburg. Het gaat jaren kosten voor het imago van de derny is hersteld. Wie kan helpen is Durst. In hem aanschouwen wij een getalenteerd gangmaker, een rijzende komeet, en met zo'n naam schreeuwt iedereen hem hier als eerste over de meet. Zeker het volk op het middenplein.

Sportliefhebbers, sportliefhebbers, Ronny Evers, Ronny Evers uit Sint-Denijs-Westrem is de winnaar van onze gratis tombola. Evers Ronny, dames en heren, geef hem een warm applaus!

Ronny, we schatten hem veertig, kleffert de piste op en neemt daar een Batavia-fiets in ontvangst. Een plaatselijke schone, die eerder al het startschot van de ploegkoers gaf, bezorgt hem drie zoenen en blos op de wangen. Samen met de fiets poseren ze voor de obligate foto maar de sponsor is pas helemaal tevreden wanneer Ronny een rondje op zijn nieuwe fiets rijdt. Wat zeg ik, op zijn Batavia-fiets. De deejay speelt 'Als een leeuw in een kooi' als Ronny zijn stalen merrie bestijgt. Aangemoedigd door het publiek, het klinkt een miljoen man sterk, onderneemt Ronny een poging om de piste op te raken. Of Ronny moet nog wennen aan zijn nieuwe fiets, of hij is te bezopen, of het is daadwerkelijk een kunst om je recht te houden op dit pistehout, maar hij draait rond, en rond, en rond als een leeuw in een kooi en brengt niet veel van zijn ereronde terecht. Enfin, hij heeft dan toch een fiets voor niets, de mens. Onder de aanwezigen bevinden er zich die zich in moeilijker bochten wringen om diezelfde five minutes of fame te verwerven. Twee zatte lorren hebben zich in een Tiroler pak gestopt en zeulen de ganse avond een antiek kinderfietsje met zich mee. Hun gezichten klaren op als de camera van een regionale televisiezender hen eindelijk ontdekt en zij in het pitabarlicht van de piste mogen treden. De zesdaagse verenigt nu eenmaal honderd volksfeesten in één.

Eenzaam wordt de fietser pas wanneer hij naar zijn hotel mankt. Op zijn kamer is tv en een bed voor één te veel. Twee uur 's nachts is het als hij uit het zadel kan. Twee uur als hij zijn rug ontkrommen zal. Hij heeft vooral bananen gegeten en zijn gewicht naar beneden gereden in een gesloten biotoop van blauwe Belga en laweit. In zijn kop bonken de merknamen op muziek van Khatchaturian. Het is te laat om nog naar huis te bellen. Om de vrouw die ginder in Zwitserland of Afrika op de kinders past, en van wie hij hoopt dat ze alleen slaapt deze nacht, te vertellen dat hij zonder gebroken botten de vierde avond heeft gehaald. Een kind van vierenveertig heeft zich aan een kraampje de foto van zijn favoriete renner aangeschaft en vraagt een handtekening. Nog een krabbel, nog een glimlach. 't Was fijn. Bedankt. Tot ziens. Zijn gat doet zeer. Morgen scheert hij zijn benen weer.

O Amor vulneris, o vulnus Amoris

Liefde gaf Haar duizend namen: Onze-Lieve-Vrouw van de Zeven Weeën, Onze-Lieve-Vrouw van de Peerdsdemer, Onze-Lieve-Vrouw van de Kopshagel, Onze-Lieve-Vrouw van Remedie, Onze-Lieve-Vrouw ter Rust, Maagd van de Top, Onze-Lieve-Vrouw ter Druiven, Heil der Kranken, Onze-Lieve-Vrouw op 't Staaksken, Onze-Lieve-Vrouw van Goed Succes, Onze-Lieve-Vrouw ten Traan, Onze-Lieve-Vrouw ter Blindekens, Onze-Lieve-Vrouw van de Blijde Vrede, de Nood Gods, Moeder van Alle Mensen... Het is niet zo fanatiek als in Spanje, waar men zowaar Broederschappen Van De Slaven Van Maria heeft opgericht, maar Vlaanderen houdt van Maria. Heel erg. Waar men gaat langs Vlaamse wegen kom je altijd wel een kapelletje ter Hare ere tegen. Maria in Haar lievelingskleed, dat met de marinekleurtjes (lange tijd heb ik gedacht dat Ze geen andere kleurcombinaties in Haar kleerkast had), omringd met brandende kaarsjes. Zij is het die over Vlaand'ren waakt, van zover ons heug'nis raakt. Sterker nog: al wat Vlaand'rens grootheid maakt, heeft niet de tapijtindustrie, niet een polyfoon componist of een Vlaamse Primitief maar Zij ons gegeven.

Het eigenaardige is dat Maria zelf niet wild loopt voor Vlaanderen. Pas een klein millennium nadat Zij de lift naar de hemel nam verscheen Maria voor het eerst op aard', in 1008, te Valenciennes. Ze moet daar de reismicrobe te pakken hebben gekregen, want sinds die dag stak Ze regelmatig de kop op en zette Ze ganser dorpen op stelten. In zowat heel Europa al had Maria zich reeds gepresenteerd, maar Vlaanderen liet Ze links liggen. Het begon haast op een boycot te lijken. Pas in 1449 ondernam Maria hier haar eerste diplomatieke missie, als Dame de Grâce te Anderlecht, en werd Zij meteen een communautaire kwestie. In totaal heeft Ze zich al zo'n 40 000 keer aan iemand vertoond, en meestal was dat inderdaad in Haar lievelingskleed. Maar als we op Haar reisdagboek mogen afgaan kunnen we vaststellen dat Zij Vlaanderen uitsluitend als doorstroomland gebruikte. Bovendien vond Ze het, als Ze hier dan al eens over de vloer kwam, best wel vermakelijk om onze gezinnen op de proef te stellen. Neem nu dat geval in Herzele, 1933: de echtgenote van Jules de Vuyst stapt de slaapkamer binnen en treft haar man daar aan met een andere vrouw. Dat was dus Maria, de Heilige, heel verheven boven alle vrouwen en gezegend was Haar lichaam, gezellig op de matras met Jules. De Kerk heeft deze verschijning met veel plezier erkend. Of Ze toen ook kleren aanhad, en of het in dat geval weer die marinekleurtjes waren, is helaas niet overgeleverd.

Nee, als Maria haar koffers neemt, dan is het tien tegen een naar Frankrijk, waar het zoals genoegzaam geweten goddelijk leven is. De mariologie leert ons dat de Oppermoeder zoals zovelen haar vakantiebudget liever in het mediterrane klimaat opmaakt. Bevindt Zij zich niet in de nabijheid van een petanquebaan, dan moet u Haar in Spanje of Italië zoeken, want ook daar liet Zij zich in het verleden ontzettend veel bewonderen en is Ze heden nog altijd populairder dan pakweg de knappe voetbalbenen van Raúl of Nesta. Maria's biografe Marina Warner heeft daar een verklaring voor: 'Niet als echtgenote of minnares verwerft een vrouw in een Spaans of Italiaans huishouden gezag, maar alleen als de oorsprong van het leven van de erfgenamen.' Liefde gaf haar duizend namen, ook die van Ladder: de ladder namelijk die Christus gebruikte om af te dalen naar de aarde en die de mens gebruiken kan om op te klimmen naar de hemel. En Vlaanderen wil die ladder op, nog altijd.

Uit het oog is heus niet uit het hart. Het is niet omdat Maria liever op een ander zit dat wij haar de rug toekeren; wij tonen ons dankbaar om wat ze ons gegeven heeft. Fiscale voordelen, om nu maar iets te noemen. Ten tijde van de openbare gaslantaarns achtte de regering het een goede zaak belasting op de straatverlichting te heffen. Religie was echter een delicate zaak en men durfde geen cent te vragen voor de talrijke nissen en tillen waarin kaarsen de glorie van een Mariabeeld beschenen. Het resultaat laat zich raden. België mag dan 's nachts zodanig verlicht zijn dat je de natie kan zien vanaf de maan, voor Maria hebben hier ooit zoveel kaarsen gebrand dat je dit koninkrijk zag liggen vanuit de hemel. Een ander voordeel dat Maria bood is dat zij zich altijd al wat afzijdig hield van de kerk. Hoezeer de pausen hiertegen gekant waren, Maria was in Vlaanderen een stevig geconsumeerd anticonceptiemiddel, de enige heilige die ontvankelijk was voor gebeden ter voorkoming van een zwangerschap. Het was pas in de twintigste eeuw, met Pius XII, dat het tussen Onze-Lieve-Vrouw en het Vaticaan begon te boteren. Hij was het die had begrepen dat het hemelruim vol is van de Majesteit en dat de borsten van de Madonna daar niet te nauw voor waren. Wel moeten wij goed begrijpen dat Maria een vrouw is en achter de poorten van het hemelrijk niet veel in de rijstpap te brokkelen heeft. Zeer strikt genomen heeft het geen enkele zin voor Haar te knielen. Al stopt u een maandloon in het offerblok, al metselt u een altaar voor Haar in uw woonkamer: Maria heeft geen uitvoerende macht. Het enige wat Zij doen kan, is uw gebeden aanhoren en dan met Haar moederlijke charmes Haar Zoon proberen in te palmen. Het betere lobbywerk, zeg maar. En het is niet onwaarschijnlijk dat Vlaanderen vertrouwd is met deze aanpak en daarom langs beemd en gaard, bij de haard, het door geslachten vroom bewaarde Mariabeeld bemint en met bloemen overlaadt.

25 000 namen telt de Acta Sanctorum, de officiële indexering van alle heiligen. Margaretha-Maria Alacoque haalde deze erelijst door de kots van zieken van de vloer te likken, Ludovica Albertoni vond de weg naar de zaligheid door zich met het sperma van Christus te bedruipen. Zij werden voor hun uitzonderlijke prestaties bedankt met elk een eigen dag. Maria had stukken minder last van effectbejag en is toch de enige in

de reeks die een volledige maand kreeg toegewezen. Meimaand, Mariamaand. Ik betwijfel het sterk of Ludovica zelfs nog herdacht wordt in een of andere obscure club, de mariolatrie daarentegen is niet kapot te krijgen. Ieder jaar opnieuw trekken vele gelovigen op bedevaart naar een oord van Maria. Wij zijn het niet waard dat de Heer tot ons komt, dus komen wij zelf maar tot Zijn Moeder. Naar Halle bijvoorbeeld. Vanuit Oostrozebeke, een pelgrimage van zesentachtig kilometer, een afstand die zal worden afgelegd in twintig uur.

Het is vrijdagavond, kwart voor negen. Klokgelui over Oostrozebeke. De kerk vult zich met trainingspakken. Die met die vloekende kleuren, je weet wel, van het type waarmee jouw buurman 's morgens bij de bakker staat en waaronder hij wel eens Schots geruite pantoffels durft te dragen. Wij zijn hier samen om te bidden. *O Maria, Gij die weet dat mijn hart U is besteed, wilt Gij mijn arme ziel gedenken? 'k Zal u een Ave Maria schenken.* De eerwaarde vraagt de Almachtige Vader Zijn zegen over deze tocht uit te spreken, alsook over hen die wij in ons hart meedragen: zieken, familieleden en vrienden. *Geef bij de moeilijkheden van de weg de kracht om alles aan U op te dragen.* In Vlaanderen zwiert men over alles de kwast met heilig water: auto's, boten, fietsen, palmtakken en paarden. Dit keer besprenkelt de herder van de parochie een stapel steriel verpakte paternosters. Voor iedere bedevaarder één, voor onderweg. Het zijn er tweehonderdtwee, en als ik het organiserend comité mag geloven, zijn er dit jaar een hele hoop nieuwe gezichten bij. Jongeren vooral, de jeugd voelt zich opnieuw aangesproken tot Maria. Het aantal bedevaarders zal onderweg trouwens nog aandikken, er zijn er die vinden dat ze met twintig kilometer al voldoende boete doen. Ik, die stevig in het krijt sta bij de Heer, kies voor de volle pot en verlaat na nog een Ave Maria of twee de kerk van Oostrozebeke onder daverend applaus van de thuisblijvers. Ze vormen een kilometerslange erehaag en kloppen de pelgrims bemoedigend op de schouders. Het is het minste wat ze kunnen doen; tenslotte is het ook voor hun ziekten, hun zonden en hun beslommeringen dat wij onderweg zullen bidden.

De stoet wordt voorafgegaan door vaandeldragers en een wagen met een luidspreker waaruit voortdurend het Ave Maria schalt. *O Maria die daar staat, Gij zijt goed en ik ben kwaad. Wilt Gij mijn arme ziele gedenken? 'k Zal u een Ave Maria schenken.* De volgwagen is voorzien van zwaailichten en een bord waarop in helrode letters 'Opgepast: Bedevaarders' staat. Alsof het om loslopend wild gaat. Zo stappen we. Jong en oud. En vrouwen. Het Vaticaan heeft het ooit nog de zwakkere rib van Adam verboden op pelgrimstocht te vertrekken, omdat zij zo'n bedevaart weleens aangreep om samen met haar minnaar een nacht van huis weg te zijn. Tegenwoordig heeft geen mens nog toestemming nodig, al doet de Moeder Gods wel een beetje moeilijk over de bejaarden. Wie ouder is dan vijfenzeventig mag alleen maar deelnemen als hij de goedkeuring van zijn huisarts kan voorleggen. Kamiel lapt het advies van zijn dokter aan zijn laars. Zijn heup werkt niet meer naar behoren. Het probleem is dat hij Maria wil verleiden er bij Haar Zoon voor te pleiten zijn heup weer in orde te laten krijgen. Sommigen ondernemen deze tocht voor hun veertigste keer, en ik moet zeggen: dat krikt het geloof in het welslagen van deze tocht behoorlijk op. Een dame legt een deel van het traject af met haar getrimde hondje. Voor iedere mensenpas moet dat mormel er twintig zetten. Het roze tongetje zwiepend uit de bek. Ook huisdieren zijn blijkbaar vatbaar voor boetedoening, ik neem aan omdat ze een poot tegen de zetel hebben geheven, of omdat ze 't afgelopen jaar in de kuiten van de facteur hebben gebeten. Het schoeisel van de tweevoeters varieert van sportschoenen, sandalen, tot mocassins. Op het hoofd: een baseballpetje of een muts. De pas wordt er stevig in gehouden. Over gelovig Vlaanderen valt de nacht en uit respect voor de vredig slapenden wordt het bandje met de Marialiederen afgezet.

Omstreeks twaalven trekt de sliert gelovigen door de uitgaansbuurt van Waregem. Jonge kereltjes die nog druk doende zijn met het leren drinken verlaten ladderzat de flipperkast en posteren zich op de stoep van hun kroeg om de pelgrims uit te lachen. De vernedering is niet mals. Dronken meisjes die zich proberen recht te houden op de dikte van hun modieuze schoenzolen fluiten naar het boetvaardige mansvolk vanuit het café waar ze op veel te jonge leeftijd hun onbevlektheid zijn kwijtgespeeld. Ze weten niet wat ze doen, spoedig komt de dag dat zij met boter zullen worden ingewreven en aan het spit worden geregen in het vagevuur. Maar het raakt de pelgrim niet. Hij is gelaten, en vergeeft. Hij stapt, voor Onze-Lieve-Vrouwe met haar kroon of sleep van kant die is getorst door ruwe hand, langs de vlakke wegen. En ze worden leger met het uur, de wegen. Hier en daar nog een klein estaminet met een biljart en een kloeke waardin. Maar het wordt later, het is al zaterdag, en de dorpelingen worden zatter. Een eenzame drinker staat in het deurgat van zijn stamcafé en zingt iets in het potjeslatijn als groet aan de zotten die zesentachtig kilometer naar Halle trotten. Na hem zullen zich alleen nog de honden roeren. Zij blaffen, en trekken hun ketting strak wanneer zij tot hun grote verstomming tweehonderd mensen langs het erf zien passeren. Ook de koeien trekken dezelfde snoet als ze hebben opgezet toen de eerste trein het landschap in tweeën sneed. Een enkeling doet boe. De koe kijkt toe.

Half twee is het wanneer we een eerste keer pauzeren. Oudenaarde. Vijfentwintig kilometers zijn er reeds gevreten en nu is het, eindelijk, eindelijk, tijd voor een bakje koffie. Ik plof neer op de koude grond, trek mijn schoenen en mijn sokken uit, en vraag mij stilletjes af waar ik bijgod aan begonnen ben. En waarom? Waarom doen mensen zoiets? Jeffrey, die nog tot vier uur 's middags om den brode keukens heeft geplaatst, zegt dat één opoffering per jaar niks te weinig is. Anderen laten thuis een zieke achter op wie de pillen geen effect meer hebben. Maar eigenlijk wordt er nauwelijks over de motivatie gepraat, wat telt nu is dat kopje troost, en dat halfuurtje rust met een reep chocola. Er vooral niet aan denken dat we bijlange nog niet halfweg zijn! Dat we nog vele paternosters van het einddoel zijn verwijderd!

De meute trekt zich weer op gang. Bergop, en steil. Slingerend tussen de Vlaamse Ardennen en de Zwalmstreek. Kasseien. De wind pal op de neus. De twee deelnemende rolstoelgebruikers trekken en sleuren aan de wielen van hun karretje, de open wonde aan elke arm moet een hand voorstellen, en niemand die het moet wagen hun een duwtje aan te bieden. Want iedere meter dient zelf te worden afgelegd. Zoals Albert het doet. Albert is zo'n man die nooit ofte nimmer landbouwer zal worden maar gans zijn leven boer blijft. Timmer er vier houten latjes rond en je hebt een schilderij van Permeke. Zijn vrouw is hem met de wagen achternagereden om te zeggen dat er thuis een koe moet kalveren. En Albert rijdt met zijn wuf naar huis, helpt daar mee een beest op de wereld zetten en laat zich onmiddellijk daarna door zijn vrouw weer afzetten op exact dezelfde plaats als waar hij gestopt was. En hij stapt verder. Alleen. Vroeg of laat haalt hij de groep wel in. Boeren weten waarom ze op bedevaart vertrekken. En aartsbisschop Giardina van Syracuse weet waarom de boeren het weten: 'Maria heeft geweend...! Wenen is vruchtbaar. Er is nooit een onvruchtbare traan geweest. Zoals de regen die van boven valt, het boerenland besproeit en het klaarmaakt om in alle vruchtbaarheid de gewassen, het zaad en de vrucht te ontvangen die te zijner tijd tot rijpheid zullen komen, zo gebeurt het ook in het rijk van de geest.' Albert is trouwens niet de enige die de eenzaamheid trotseert. André kan met zijn honderdvijftig kilogrammen het tempo niet aan en bengelt voortdurend aan de staart. Hoe langer de etappe hoe meer hij zich laat uitzakken. Van de anderen hun pauze maakt hij gebruik om terug te komen. Zijn gezel zit in zijn binnenzak: een kruik jenever. Al dertig jaar loopt André op deze wijze de bedevaart mee, en dertig keer liep hij haar uit.

Ook Hubert (bouwjaar 1945) is een ancien en loopt een bepaald gedeelte moederziel alleen onder het zwerk. Dat zit zo: Hubert houdt zich van dichtbij bezig met de duivensport. Hij verzamelt meer bepaald de verloren gevlogen duiven die men nog kon recupereren en levert deze beesten vervolgens bij hun rechtmatige eigenaars af. Een paar jaar geleden kwam hij in het bezit van een koppeltje dat toebehoorde aan iemand die op de route naar Halle woonde. Dus is Hubert met een mand duiven in de hand op bedevaart vertrokken en heeft hij een kot in de nacht de ontgriefde duivenmelker met zijn verloren gewaande kampvogels gelukkig gemaakt. Sindsdien ontvangt de duivenmelker ieder jaar de bedevaarder gastvrij in zijn salon, waar deze een paar sterke druppels en mattentaarten krijgt voorgeschoteld.

Maar eens de zon opkomt, is iedereen weer samen onderweg, hallelujah, op deze weg die onmiskenbaar heilig is, blijkens de dorpsnamen op en langs het parcours: Kruisweg, Nukerke, Kerkem, Kerkhove, Sint-Maria-Horebeke, Sint-Maria-Oudenhove, Godveerdegem, Hemelveerdegem, Sint-Maria-Lierde...

Wie een beetje de gebruiksaanwijzing bij de heiligen kent weet dat hij voor beenziekten en spierpijnen Sint-Lambertus kan aanroepen, en voor blaren en bubbels allerhande op ieder uur van de dag terecht kan bij Sint-Blasius. Toch vertrouw ik, net als iedereen, meer op de medewerkers van het Rode Kruis die ons ter beschikking staan. Op het pleintje voor de kerk van Nederbrakel laat iedereen de broek gewillig zakken en zich masseren. Hier en daar een kreuntje, van genot, en ook wel een van pijn. Want het begint te wegen. Het is niet bepaald vast tapijt waarover God ons loodst; ieder putje, ieder stukje gehavend wegdek kruipt in de kuiten. Op een steentje trappen is een marteling geworden, een misstap haast nefast. Drie blaren tel ik, waarvan ik er al eentje zelf heb opengetrapt. Mijn hiel zeiknat. Miserere. Maar het is met vernieuwde moed dat we weer vertrekken nadat we zijn opgelapt. Al is het tempo behoorlijk gezakt. Op naar de volgende stop. Ophasselt. Waar er sloten koffie op ons wachten, en ontbijt. En met het verdwijnen van het duister is ook de vrees voor het nachtlawaai verdwenen, er wordt opnieuw achter een wagen met megafoon gestapt. Ave Maria. Zo gaat het goed. Zo gaat het beter. Alweer een kilometer.

Ik geloof dat ik geen gedachten meer heb. Misschien dat dát wel het heilzame aan zo'n bedevaart is, is dat de reden waarom Manu Verhulst het een gezondheidskuur voor de geest noemt. In alle geval, er gaan kwartieren voorbij die ik mij nooit meer zal herinneren, waarin mijn kop zo leeg is dat het Ave Maria er gerust een halve dag in kan echoën. Dat van Charles Gounod, in een zoveelste restaurantversie.

Benny, een twintiger, kapt ermee. Hij ziet van deze lijdensweg niet langer nog het nut in. Zijn vader, die er alle jaren bij is en zich met veel humor van kruispunt naar kruispunt sleept is formeel: 'Het zijn z'n benen niet, het is zijn kop waar nu van alles aan mankeert.' Maar toch, ik heb de indruk dat Benny er gelukkiger uitziet nu hij in de volgwagen stapt. Nog dertig kilometer. Ik denk: nog drie keer tien kilometer. Dat is korter. En ik mank verder met mijn paternoster. Over de Vlaamse wegen, over de intense lelijkheid onzer steenwegen. De N8 is een straat zonder einde, en aan het einde dat maar niet komt moet Ninove liggen. Om de zoveel passen een benzinestation dat spaarzegeltjes voor keukenhanddoeken aanbiedt. Om de zoveel schreden een villa, opgetrokken volgens de strenge regels van de smakeloosheid. Om de zoveel pijnscheuten een kruis, ter nagedachtenis van een veel te jong iemand die de N8 zo snel mogelijk verlaten wou. Dit is inderdaad het Vlaanderen waarover onze Mater Dolorosa waakt; met zijn dode katten en konijnen langs de baan, zijn superettes, zijn winkeltjes met werkelijk alles voor de hengelaar. En zijn motregen! Het ziet ernaar uit dat de lucht voor de rest van de dag zal zabberen op mijn kop.

Of de chef-kok van de Sint-Berlinduskring in Meerbeke weet dat het in onze gewesten de gewoonte was kippen te offeren aan de heiligen is mij niet bekend, maar de pot schaft bij de middagstop wel degelijk vol-au-vent. Zijn aardappelpuree is precies zoals ik hem het liefste eet: op smaak gedretst met een berg boter en een kwats behangerslijm. Hier krijgen we iets meer dan een uur de tijd om bij positieven te komen, in een zaaltje waar de huwelijken die nog standhouden hun trouwfeest geven. Ik neem aan mét liveorkest dat 'Strangers in the Night' zonder partituren speelt. De muren zijn er van een ultiem appelblauwzeegroen, tussen de wasmachine en een gigantische cactus kunnen we terecht voor een allerlaatste massage en gaan we nog één keer met de schaar door onze tiende blaar. Het café ernaast huisvest de troon van de plaatselijke Prins Carnaval. Aan de tapkast hangen droge worstjes en een bezopen lor, op de grond liggen malse matrassen waarop bedevaarders zich eventjes kunnen ontspannen. Liggen moet deugd doen. Vooral aan de rug. Maar ik ben bang dat ik het eerste jaar niet meer recht geraak en blijf stijf als een plank op een barkruk zitten, ondertussen in een gesprek gesukkeld met zijne strontzatheid Flor. Er hangt bierschuim in zijn snor. Ik geloof dat ik blij ben weer het Ave Maria te horen, ten teken dat de karavaan zich voor de laatste twee miljoen centimeters op gang trekt.

Pijn! Die stramme spieren moeten weer roderen. Maar pijn is de hoeksteen van het geloof, het is met pijn dat het pad naar Maria is geplaveid. Zij is immers zelf bezweken aan de liefde, aan de pijn, twee begrippen die in dit geval hetzelfde zijn. Franciscus van Sales in 1602, verdedigend dat Maria elke dag opnieuw de kruisiging beleefde: 'De wond werd zo vurig dat het ten slotte voor Haar onmogelijk was om er niet aan dood te gaan... O liefde voor het lijden, o lijden voor de liefde...' Wat zit ik hier eigenlijk te klagen? Ik moet content zijn dat ik mij hier niet met een lederen zweepje hoef te flagelleren. Op de Griekse Cycladen, op het eiland Tinos, dáár zien ze Maria graag. Daar leggen ze de bedevaart af met hun tong, wordt het traject niet afgestapt maar afgelikt. Tot alle gevoel uit deze bloedende en zondige spier verdwenen is, al wring je 'r een citroen op uit. Waar je gaat langs Maltese wegen, dáár kom je Mariavereerders tegen, op handen en knieën, met een kind op de rug. Nu, er wordt ook niet geklaagd onder de Hallebedevaarders. Iedereen weet van iedereen dat het wel ergens zeer doet, en als de ene aan de andere vraagt hoe en of het nog gaat, dan heeft men het over het hoofd, en niet over dat verwerpelijke lijf. Zeker in het laatste stuk van de knoertsaaie N28, waar iedere millimeter een overwinning wordt, waar iedereen plots over een afgeknakte tak of een wandelstok beschikt, is men verenigd door dezelfde god. Dit is de solidariteit waarvoor twintig uren eerder in de kerk van Oostrozebeke werd gebeden.

We krijgen de basiliek in zicht. Passeren een mechanisch Glockenspiel dat, jawel, het Ave Maria tingeltangelt. Hier en daar een traan, zo'n goeie vruchtbare voor op het boerenland. In de laatste bocht naar het heiligdom hebben sympathisanten postgevat om er te applaudisseren voor de overgebleven dapperen die zodadelijk het huis des Heren zullen betreden. Maar de basiliek zit barstensvol, het is een drummen van jewelste om er nog in te raken en het ligt niet in mijn aard lang aan te dringen, ook niet voor een kerkstoel. Dus strompel ik naar de dichtstbijzijnde zitplaats, en die bevindt zich geheel toevallig in café De Post. Of zoals mijn vader zaliger zei: 'Jezeke veranderde waterke in wijn, waarom zou bierke drinken dan zondeke zijn.' Een andere bedevaarder denkt daar net zo over en houdt zich wakker boven een glas Duvel, ter compensatie voor zoveel heiligheid. En hoewel de kroegbazin me verzekert dat ze deze week haar zitmeubilair nog met nieuwe kussens overtrokken heeft, kan niets mij nog schelen en zwier ik mijn dampende voeten op de zetel. Het is op dat ogenblik dat ik, o magnificat, getuige ben van een verschijning. Ave, denk ik, en ik stap regelrecht in de hemelsbrede armen van mijn hoogstpersoonlijke schikgodin. Zij zal mij meenemen naar huis en daar mijn voeten wassen in een teil lauw water met essentiële oliën. En dat, beminde gelovigen, dat is pas een heilige handeling.

Dikke memmen in een vellen frak

Ieder jaar, wanneer de krokussen hun kop opstaken, sneed mijn vader zijn snor eraf en het voelde aan alsof ik een heel klein beetje minder vader had. Hij was een van de zeldzame mannen van wie ik vond dat een snor zijn portret eer aandeed. Hij zat in zijn onderbroek voor de spiegel, en zodra zijn snor op de grond lag, scheerde hij zijn benen met een elegantie die ik niet van hem gewend was. Daarna trok hij de kleerkast van mijn moeder open en sprong hij in haar pikantste kleren. Dat mijn moeder bijvoorbeeld hoerige jarretelles droeg heb ik alleen maar geweten doordat mijn vader er open en bloot mee over straat liep. Zijn lippen gestift, zijn nagels gelakt, geparfumeerd. Mijn moeder een beha minder, onze fruitschaal twee wijnappelsienen armer.

Mijn vader was een prachtige vrouw, zijn benen waren die van een passer maar ze dichthouden kon hij niet, dat moet ook gezegd. Zijn lijf stak in een dood konijn, de bobbel in zijn kruis verried zijn mannelijkheid. Als hij dan uiteindelijk zijn ene blote been over het kader van zijn postfiets smeet en met hoge hakken en o-benen en een handtas vol poedertjes en tampons de Merestraat uit reed, dan begreep ik voor minstens drie dagen ontslagen te zijn van z'n gezag.

Hij was een vuile janet, op weg naar carnaval.

In het dierenrijk heb ik altijd neergekeken op zalmen. Niet dat het in mijn aard ligt mij boven een andere diersoort verheven te voelen, maar een zalm, en ik geloof dat ook een paling daar last van heeft, heeft de verwerpelijke drang zich voort te planten waar hij zelf geworpen werd. Voor mij zou dit betekenen dat ik terug moet naar de oevers van de Dender, naar de stank van het dode water en de fabrieken, naar de kroegen waaruit de jukebox nog steeds niet is verbannen en waar het gewicht van het gemoed is neergeploft op een barkruk.

Maandag is een goede dag om te verlaten en een maandag was het toen ik Aalst verliet. Weerkeren liet ik over aan de jojo's, weerkeren deed ik om mijn vader er in mannenkleren te begraven.

Maar de zalm in ons is sterker dan we denken, dan we willen, en Aalst heb ik gezocht in andere steden. Gezocht en gevonden in Dublin. Waar de Dender de Liffey is en met eenzelfde belabberde debiet de kaart in tweeën splijt. Ook daar pronkt een bierbrouwerij aan de rivier, ook daar lopen de arbeiders vele onderbetaalde uren per jaar in het gareel van de fabrieksbaronie en zijn kroegen de tempels van de taal en oorden van een collectief vergeten. Denken aan Dublin is denken aan Aalst, is denken aan regen. Er gaat een hoop troosteloosheid uit van deze steden, O'Connell Bridge en de Zeebergbrug zijn tevergeefse wegen naar elders.

Onverzettelijk is het zalmschap, het neemt met geen gelijkenis vrede, en wanneer Aalst, mijn Aalst dat ik liefheb, mijn Aalst dat ik haat, zich opmaakt voor carnaval, trek ik de kleerkast van een ander open, en keer ik weer.

Carne. Vlees.

Carnaval is de val van het vlees, een vastenavondfeest dat geen andere bedoeling heeft dan een schranspartij te zijn. Rome heeft de wereld een dieet van veertig dagen opgelegd, de wil van God, en die is wet. Maar meer nog dan een volk dat zijn maag preventief volpropt met vette trippen en liters pils moet carnaval worden gezien als een kolossale middenvinger naar alles en iedereen. Kust mijn kloten, kist men kloeiten. Alles wat de Aalstenaar op de maag ligt moet eruit, langs alle gaten, in alle geuren, tegen gevels en deuren. De stad voelt het kookpunt van haar inwoners maar al te goed bereikt worden. Winkeliers ontruimen hun etalage, spijkeren houten planken voor hun ramen, alsof er een niemand en niets ontziende passaat te passeren staat. Maar de eerste ontlasting doet niet zo'n pijn en men kan haar kwijt in de vorm van een praalwagen. Maanden heeft men aan die wagen gewerkt, het heeft bloedblaren, zweet en vele bakken streekpils gekost om het gevaarte tijdig klaar te krijgen. Sommige wagens ruiken nog naar de verf wanneer ze door de straten trekken, er is de hele laatste nacht aan doorgewerkt. Geld en huwelijken heeft het gevergd, maar als die wagen er staat, is men een gelukkig mens. Rijdende discotheken werden het, reizende schouwburgen vol technische snufjes waarop de acteurs, een minderheid reeds sufjes van het gerstenat, hun wrok presenteren. Aalst breekt de wereld af, dat sarcasme ziet het gerechtvaardigd in het feit dat ons belastinggeld dient om de politiek vierkant te laten draaien. Het hekeldicht wordt vlees. De teloorgang van onze nationale vliegtuigmaatschappij is een dankbaar thema. De migranten en de asielzoekers worden in hun hemd gezet. '*Wij sijne niete mèrre fijlig, wij sijne bang! Wij willene komme narr te belovte lant' forr te doene kommérrs mette Pita, Kebap offe Nachtewinkel mette sigaret enne ttrank. Wij sijne mette fèelle en wij kommene fan overal.*' Ondertekend: Ashamirr Saccramalesj en Moestafa Sandall. Er mag dan wel door een aantal carnavalsgroepen overlegd zijn met de Turkse gemeenschap, de uitbeelding is een bewegende cartoon uit de extreem-rechtse krant 't Pallieterke en het publiek lust het. Ook aartsrivaal Dendermonde (onrechtmatige bezitter van het Ros Beiaard dat door een Aalstenaar in dwangarbeid werd gemaakt) wordt belachelijk gemaakt. Hun koninkrijk voor een houten paard. En het koningshuis wordt voorgesteld als een familie randdebielen. Aalst kiest tenslotte zelf zijn koningen en prinsen; Keizer Kamiel laat zich omringen door een meute veertienjarige nimfen wier kippigheid stijgt middels een portie pluimen op hun kop, hun kontjes beschrijven ronde figuren in de richting van de pensioengerechtigde keizer.

Talrijk zijn de plassen kots nog niet wanneer het feest zich die eerste avond naar de grote markt verplaatst. Er is nog niet tegen iedere gevel gepist. Maar daar wordt aan gewerkt. In een hels tempo. Ik hoef maar tot het strijklicht te wachten en zie al een steeg met neergezegen mannen geplaveid. Het regent. Als ze wakker worden vullen ze hun tank weer bij.

Carnaval echter reduceren tot een gebeuren waarbij een stad en masse de lever naar de vuilbak zuipt zou wat flauw zijn. Dat een achtjarig kind zich vorig jaar in een diepe coma heeft gedronken is ongelukkig toeval. Dat men zo nu en dan iemand met messteken moet afvoeren naar het ziekenhuis is een spijtig anomalietje, en verwaarloosbaar. Niets hebben wij te kadijzen, niets mogen wij te kadijzen hebben op het Aalsterse carnaval. Hier heerst het anonimaat, zwaait de zotskap de scepter voor drie onwezenlijke dagen en nachten. Alleen: iemand die zich halsstarrig voordoet als een ander wordt het summum van zichzelf; zo'n wereld betreed je niet tenzij op eigen risico.

Kist men kloeiten, de stad schrijft verder aan haar hekeldicht. In de pissijn van een stationscafé staat iemand op mijn schoenen te pissen. Kist men kloeiten. Op de toog danst een man met alleen nog een lederen tangaslip aan. Op zijn afzichtelijke kwabben staan twee ajuinen getatoeëerd, een roze konijn naait hem in de kont. Kist men kloeiten. Een vrouw, een echte, heft haar rokken op en laat de zeik uit haar zatte lijf sijpelen. Kist men kloeiten. Een uitgeput koppeltje heeft het echtelijke bed in het midden van de straat gezet en knapt er een uiltje, op de beats van het lied 'Hiete Treis' springen een vijftal smurfen ondertussen op hun matras. Kist allemool vierkantig men kloeiten!

'Het wonder is geschied, mijn kut is nat en 't regent niet.' Aldus een plaatselijk lied. Maar 't regent wel. Het giet. Het bloemenperk voor het stadhuis is veranderd in een drek. Maar ze zijn niet te tellen, zij die drijfnat van en de regen en de derrie die over hun hoofd is uitgekieperd staan te huppelen alsof hun bestaan ervan afhangt. De demagogie van de luidsprekers: 'Al wie niet springt is homofiel.' Dus springen ze, ook de honderden venten met plastic borsten en gebruind bloot bovenlijf. Aalst zou geen carnaval hebben als men schuw was van een beetje februari, er zijn jaargangen geweest dat men hier half uitgekleed in de sneeuw heeft gedanst. Sommige ziekten zijn geneeslijk, de huisarts heeft alvast voldoende boekjes voor zijn wachtkamer gehamsterd.

Het regent en het blijft maar regenen. Het regent zoals het in Boons boeken regent. Waar het gaat over mensen die ergens diep in hun wezelhart hongeren naar de daver van het leven, maar er bang voor zijn. Ik kijk door de natte ruit naar de even natte straat en zie de daver, voel de daver, wordt één met de daver, omdat er niets anders op zit dan de maat van mijn wezelhart door de daver te laten bepalen. Pat-toem, patta-toem, pattoem. Dat het regent. En dat de regen valt als een voile, als een pleureuse. Ik, verstopt achter mijn masker, verborgen achter mijn lamfer, kijk naar het schoonste van deze carnaval: een rad, met duizenden lampionnen, rode en blauwe, waarin niemand zit, en dat draait. Van het feest is de melancholie. Hier ben ik geboren, deze stad zal naast het jaartal voor het streepje op mijn doodsbrief staan, in deze daver kom ik telkens thuis. En trap ik in het braaksel van een ander. Het lijken mij frietjes te zijn, met curryworst. Ik stink. Mijn misantropie stond op een dag in dit fabriekshol in de knop.

Niet iedereen gaat slapen. Wie 's maandags nog wakker wordt heeft een houten kop, er zit niet veel meer in, maar het weinige dat men erin aantreft doet pijn. Er staan emmers naast het bed, er liggen mensen in de lakens die na het ontwaken elkanders naam weer moeten vragen. Ze ruiken naar elkaar, ze zouden willen zoenen maar houden liever het deksel op hun bek. Alcohol. Looksaus. Gal. Een half pond confetti dwarrelt uit hun onderbroek. Misschien ontbijten ze samen, misschien verdragen ze elkaar ook zonder drank en zonder masker en schrikken ze zich een bult als ze samen in hetzelfde bad een boel smeerlapperijen van hun vel laten weken. En dan begint het hele gedoe weer opnieuw, de maandag doet de zondag na. De schunnigheid stelt zich burgerlijke partij voor het leed dat hun een veel te lang jaar lang is aangedaan. Weer trekt de stoet langs de asgrijze rijtjeshuizen van de binnenstad. Weer worden de kilowatturen besteed aan liedjes die de lof der dikke tiet bezingen. Weer kapt men beken in zijn strot, uit glazen waarin confetti en slingers drijven, tot het bier een papje wordt. Laat mij uw muis eens zien!

Hoeveel boeken dienen er te worden geperforeerd om deze hoeveelheid confetti bij elkaar te krijgen? Zou iemand ze eerst hebben gelezen?

De man die de dinsdagmiddag nog op zijn benen staat hult zich in een nerts. Zijn lijkbleek gezicht zit onder een laag schmink, zijn lippen zijn niet beter geverfd dan het postkaartje door een gehandicapte met zijn tenen. Hij heeft zich van kop tot teen bespoten met het goedkoop parfum van een smerige del. Misschien is zijn onderbroek te zien, misschien ook niet. Hij duwt een kinderwagen voort, wat handig is als je overal die bakken bier mee naartoe wil zeulen. Vele honderden mannen zijn dit, zij komen samen aan het stadhuis en vormen daar de stoet van de vuile janetten. Iedereen mag mee doen, iedereen heeft recht op zijn dosis perversiteit. Ze hebben zetels bij zich, salontafeltjes, vogelmuiten, alle mogelijke bocht wordt meegetorst. Ze krabben zich aan de kloten, leggen hun *spellement* goed, en zoeken een vensterbank van waarop ze zich in de belangstelling kunnen showen. Hoe vettiger, hoe prettiger, maar de concurrentie is groot en het is doeltreffender de ongewassen mond voor een megafoon te houden.

Waar ik persoonlijk erg van schrik: na al die jaren staat dat paard nog altijd in de gang van buurvrouw Janssen. En ook die pompbak is nog steeds kapot.

De mars der dikke memmen in bontjassen, vellen frakken zeggen ze hier, trekt zich op gang. Moeizaam, want het mansvolk mankt omdat het al z'n derde dag in hoerenbotten met hoge hakken op de hort is. Lelijkheid is lijden. Er bengelen smerige maandverbanden en rotte haringen aan een vislijntje, de toeschouwer die heel even niet oplet krijgt het goedje in zijn nek gekletst. Zo trekken ze onder de rook van de fabriek door, langs de strontbruine Dender, met als attributen een onbruikbaar grote dildo en een neukpop. Bijna is dit feest gedaan, bijna is de laatste kotsplas opgedroogd en zet men weer voor 362 dagen een masker op dat men met heel wat minder noten op de zang dragen kan. Maar het is goed geweest. De macht was heel even aan de kleine man, democratie was er weer voor iedereen. Het volk heeft gesproken, er is uit gekomen wat erin zat.

Serenade sans espoir

(EEN FLOSSA WINGA IN E MINEUR, TRAAG MAAR HEVIG)

Om geliefd te zijn moet je over een elektrisch orgeltje beschikken. Dat is een wet, de eerste van Verhulst. De tweede luidt dat je jezelf een hele hoop ellende kunt besparen door een oude huisarts te hebben, en een jonge kapper. Tot een derde absolute zekerheid in dit leven kwam ik vooralsnog niet, maar onthoud vooral dat het bezit van een elektrisch orgeltje vele deuren, en vooral vele armen opent. Een Yamaha Clavinova CVP.30 met een ingebouwd *advanced wave memory* kan al volstaan. Ik heb het dan over een piano die verdacht veel weg heeft van een cockpit, met honderden knopjes en schuifjes die elk, mits min of meer vakkundig ingedrukt, duizenden orkestjes op u loslaten. Een beetje muzikale aanleg aangevuld met het nemen van een pianoles of vijfentwintig moet voldoende zijn om helemaal alleen de liedjes te spelen waar u anders een autobus muzikanten voor nodig heeft. Dat combo met vijftig trompettisten, dertig violisten, een pianist, een accordeonist en een bende slagwerkers, dat ben jij, jij alleen. En als je vervolgens ook nog eens de bereidheid toont om een mooie scheiding in je kapsel te kammen, dan ken ik persoonlijk zeker vijftig bejaarde dames, zéker, die jou tegen hun boezem willen drukken, jou zullen behandelen als was je hun schoonzoon, neen, als was je hun eigen huisbereide zoon. Kort is dan nog de af te leggen weg naar een ereplaatsje in hun testament, volgens mij hoeft u zich alleen nog een snor te laten groeien. Geen schuurborstel, maar een dun lijntje dat, a. perfect de vormen van uw bovenlip volgt en niet veel breder mag zijn dan uw lippen zelf, b. een weinig kietelt tijdens een nieuwjaarskus en waaraan u, c. tevens kunt pulken tijdens het oreren van enige levenswijsheden. Ik weet waarover ik spreek, ik heb nog met zo'n tienduizendkoppig orkest een huis gedeeld. Carlos heette hij. Het was die eigenaardige fase in mijn leven dat ik de kost verdiende middels in een Spaans clubhotel de mensheid te animeren. Ik leidde de dagelijkse sessie watergymnastiek, demonstreerde er het karabijnschieten, oogstte bijval met de enige twee grappen die ik kan onthouden, zong karaoke in mijn kattigste toonladders tot iedereen zonder een greintje muzikaal gevoel ervan overtuigd was mijn voorbeeld te moeten volgen, verkoos een entrecote in een minimum aan badpak tot Miss Mallorca, liet dochters en hun al even hopeloze moeders verliefd op me worden en trok niet zonder Duitse humor de winnende getallen voor een onmisbaar dagelijks potje bingo uit de hoge hoed. Tijdens zo'n rondje bingo begeleidde Carlos me op zijn synthesizer en als ik u nu zou vertellen welke aanbiedingen hij zoal afsloeg, dan heeft u zich tegen morgenavond reeds een elektrisch orgeltje aangeschaft en bent u deze week nog ingeschreven op de muziekacademie.

Ik mag nog wel eens aan Carlos denken op zondag, dé dag voor elektrische orgeltjes, en dé dag voor een heerlijk thé dansant. Je moet al enkele prachtige jaren met me samenleven om daar niet meer van te schrikken, maar ergens in mijn wezelhart heb ik een ongelofelijk zwak voor thé dansants. Zodanig dat ik mij behoorlijk kan opwinden in studentenverenigingen die schroomloos afficheren een TD te organiseren om hun kas te spekken. Ofwel amuseren studenten zich tegenwoordig uitstekend tijdens een Te Deum (en het moet inderdaad amusant zijn om met zijn allen de Heer te loven), ofwel zijn ze te stom om dood te doen. Een thé dansant beleef je 's middags, te vieren, vanaf het thee-uurtje tot een uur of negen in de weemoedige avond. Er zou geen diploma mogen worden uitgereikt aan de student die een thé dansant met een fuif verwart.

Mijn liefde voor het thé dansant is een heimelijke, een ware, en een onmogelijke. Ik dans namelijk zoals een olifant. En dat is jammer, want genetisch gezien heb ik voldoende bagage meegekregen om het tot Fred Astaire te schoppen. Mijn vader, hij weer, was een meer dan degelijk danser. Niet één keer heb ik iemand ontmoet die beter of zelfs gewoon maar even goed de Flossa Winga kon dansen als mijn vader. Een moeilijke dans, dat moet worden toegegeven, met passen die het uiterste van een lichaam vergen, en die van de uitvoerder een buitengewone soepelheid eisen. Mijn vader danste graag, en kon het bovendien, een combinatie die je raar of zelden ziet. Meermaals heb ik mijn moeder boven de pot zien hangen nadat mijn vader met haar aan het rock-'n-rollen was geslagen op één of ander huwelijksfeest. Alle kanten van de dansvloer liet hij haar zien, hij smeet haar tussen zijn spaghettibeentjes en over zijn broze rug, liet haar in één nummer van Chuck Berry vijftig tot honderd keer rond haar eigen indrukwekkende as tollen. Maar veel liever danste hij de Flossa Winga, waarvan hij mij op een goeie dag de basispassen heeft aangeleerd. In onze keuken was dat. 'Kleine, zal ik je eens leren hoe je de Flossa Winga danst?' En zo geschiedde. Twintig jaar later kende ik een snelle opeenvolging van zwakke momenten, tijdens één ervan liet ik mij inschrijven voor een cursus salondansen. De cha-cha-cha, de tango, zowel de Engelse als de Weense wals, de rumba en de hoempapa; ze zouden na één jaar geen geheimen meer voor me bieden, aldus de reclamefolder van de dansvereniging. Maar na een resem danspartners en tien keer zoveel geplette tenen zonk de moed mij in de schoenen en keek ik al uit naar de avond waarop het leraarskoppel ons de Flossa Winga zou demonstreren en aanleren. Dat was een dans waarbij je tenminste niet voortdurend de maat moest tellen, een dans waar ik een duidelijke voorsprong in had, waar schwung in zat, die vreugde uitstraalde. Eindelijk zouden mijn medecursisten met opengesperde mond mijn hipshakes en andere kundigheden eigen aan deze dans mogen bewonderen, eindelijk zou ik niet meer om een danspartner moeten staan bedelen. Maar die les kwam er niet. Bij navraag wist men mij kurkdroog te vertellen dat de

Flossa Winga niet bestaat. Wat precies zoveel wil zeggen als dat ze daar in de dansvereniging geen verstand hebben van dansen. Mijn lidmaatschap heb ik meteen opgezegd, dat spreekt. Maar mijn liefde voor het thé dansant kreeg geen deuk, o neen.

Omgekeerd evenredig met het groeiend aantal oudjes moet de aanwezigheid van danszalen zijn. Vroeger kon ik in een vingerknip tien etablissementen opnoemen waar een organist met snor de zondagnamiddag van vele bejaarde paren kleurde. Er was een ruime parking, voorzien op wel tien autobussen, en altijd lagen die feestlokalen op de steenweg naar de hel. Na het bijwonen van een demonstratie van één of ander schoonmaakproduct (nieuwe formule) werd hier halt gehouden voor een sanitaire stop, een riant stuk appelgebak en een bak koffie, en een uurtje alles losschudden op de dansvloer. Ik kan mij moeilijk van de indruk ontdoen dat dit een wezenlijk onderdeel uitmaakt van de Belgische cultuur, ik geloof zelfs dat ik op mijn twaalfde er mentaal al helemaal op was voorbereid mijn pensioen te zullen doorbrengen in de nabijheid van welbespraakte demonstratrices en een elektrisch orgeltje. En mijn duiven, natuurlijk. Tegenwoordig moet ik al eens twee tellen nadenken eer ik mijn voeten met de schoenlepel in mijn blue suede sleffers wring. Maar ik heb weet van één plaats waar het iedere zondagmiddag prijs is, en dat is in Namen, in café Le Belvédère, aan de citadel.

De schoonheid van een thé dansant wordt grotendeels bepaald door de lelijkheid ervan. Café Le Belvédère is een glazen brooddoos boven op een berg. Het is de plaats waar de toeristische stoeltjesliften aankomen, en waar de geur van pannenkoeken in het behangpapier is getrokken. Er is een museum, al weet niemand precies van wat, en een speeltuintje voor de kinderen die zich niet kunnen inbeelden welke lol er beleefd kan worden aan het stilzitten op een stoel met een cola voor je neus. Beneden ligt de stad, van hieruit kan je heel goed zien hoe ze dat doet.

Bergen zijn voor de goden, en strikt genomen voor de mens verboden; er is met andere woorden geen schoner plaats denkbaar om te komen dansen. De eigenlijke dansvloer is een achterafruimte, zo'n dertig vierkante meter die als vergaderruimte voor toneelverenigingen en voor persconferenties van de kaartersclub kan worden afgehuurd en die door een gordijn van het café wordt gescheiden. Dat gordijn gaat alleen maar 's zondags open. Een glitterbal hangt er niet, immers is de light-show er in handen van de ondergaande zon, daar kan geen technisch vernuft tegenop. Er is meer meubilair dan design, en wanneer de nicotine uit het plafond zou worden gewassen, zou u iets minder het gevoel hebben u voortdurend te moeten bukken. De zich rond palen slingerende paringsdanseressen die je soms aantreft in lichtjes modernere discotheken hoeven voor hun specialiteiten Le Belvédère niet te vermijden: het gebouwtje wordt bij elkaar gehouden door middel van een paar stevige pilaren waarin prijslijsten en reclamebordjes voor lokale zware bieren zijn gespijkerd.

Het is eind november, de bloemen op de graven zijn al verslenst, wat nu nog van de bomen valt zal straks op de adventskrans worden geplakt. In Le Belvédère stuiken omstreeks half vier de gasten toe. Je mag dat letterlijk nemen, want behalve met dikke jassen is de vestiaire ook met krukken gevuld. De eerste ijsemmers met daarin een fles rosé worden naar de tafels gebracht, de eerste vlokken schuim van een glas Super des Fagnes (7,5%) hechten zich vast aan een moustache. Wie binnenkomt doet zijn ronde, en schudt alle aanwezigen de hand. De glimlachen naar elkaar zijn breed en hartelijk, en zouden kunnen worden uitgedrukt in gouden tanden. Ook de man achter het orgeltje mag zich verheugen op de amicaliteit van zijn publiek, en op zoenen van de vrouwen. Hem heeft men veertien gouden tanden lief. Meteen zie je dat zo'n thé dansant niet om vier uur maar om twee uur begint: thuis, aan het strijkijzer. Kraaknette hemden, colbertjes, een hele saucijs blinkende parels rond de hals, de Pontiac legt de vinger op de pols. Op het hoofd iets wat duidelijk de creatie van een oude kapper is. Nu nog trots op de schoot maar straks verweesd op een stoel is de handtas, zeg maar gerust sacoche. De geur van 4711 is een verwachting die niet zal worden ingelost. De heersende kleuren voor de dames zijn roze, en een groen dat tussen pistache en een verzopen weiland hangt. Een gezapige bende die al bij het eerste nummer en om klokslag theetijd op de dansvloer staat. Hier wordt niet gewacht op dat ene lied dat je van je stoel zuigt, hier moet men niet eerst een stuk in zijn kraag hebben eer men de moed heeft te foxiefoxtrotten met elastieken benen. Direct de beuk erin, ja. Men is niet naar hier gekomen om te lanterfanten.

De muzikant kent zijn stiel: zijn uitvoeringen worden ingeleid door een behoorlijke intro, dat geeft de mensen ruimschoots de tijd de dansvloer te halen tegen het ogenblik dat het lied echt begint. En hij licht zijn geliefd publiek in over het genre. Populair is de tango. 'Le plus beau de tous les tangos du monde', oorspronkelijk gezongen door Alibert en Gaby Sims (ik weiger het door Frankrijk te rijden als dit lied niet in de wagen ligt), of 'Pourquoi loin de toi' van Rina Ketty die ondertussen denk ik in de hemel duetten met Frank Sinatra zingt. Klassiekers die mij zeker na drie kuipen Super des Fagnes in tranen kunnen doen uitbersten, ook zulke dingen komen plots nog naar boven, tot grote verbazing van haar met wie ik al die prachtige jaren reeds samenwoon. Men kan zich tegen zo veel emoties wapenen met een vierde kuip van 't zelfde, en ondertussen kijken hoe goed deze mensen hun passen beheersen, deze slow, slow, quick-quick, slow en slow, slow, quick-quick, slow. Zeker, het zou onredelijk zijn deze bewegingen te willen vergelijken met de geile acrobatieën waarmee een stel vrouwenbenen in hippe tangosalons zijn hoge hakken overklast, wat we in Le Belvédère zien is de vrede van iemand met eindelijk zichzelf, en met de mens waarmee hij teder op dezelfde tegel staat. Ontroering noopt hier tot het vijfde glas. Er is één koppel dat voor de tango meer ruimte nodig heeft, het staat op hun gezichten te lezen dat ze hierin ooit nog lessen namen.

Even stroomt beneden de Río de la Plata in de Maas. Hij heeft zijn beige broek tot aan zijn oksels opgetrokken, zijn haar is wit en talrijk nog, en naar achteren gekamd. Maar ze zijn nog jong, samen zijn ze honderdtwintig. En ze gaan met die honderdtwintig jaren op de loop. Tussen de tafeltjes door en op de maat. Af en toe een stootbeweging met de heupen, woeps, kleine toetsen van de meester. Carlos Gardel en Tino Rossi zitten in een hoekje van de zaak stilletjes te kaarten, het is God die hen om een handtekening vraagt.

'Samba!' zegt het eenmansorkest. Maar samba gaat te snel, dus leidt de catwalk voor de handtassen in de richting van het toilet. Ook een goede aanleiding om even de benen te laten rusten is het feit dat Germaine jarig is. Op een bepaalde leeftijd is dat geen feestelijke bedoening meer, maar wie zijn tong durft uit te steken naar de dood doet toch alsof. 'Happy birthday to you' gezongen door een francofoon klinkt als 'heb je buikpijn oei, oei', en daarom zingt het voltallige gezelschap iets in het Frans ter ere van Germaine die ondertussen al in de weer is met een doos pralines. De vraag of er volgend jaar nog pralines zullen zijn, wordt onmiddellijk weggevaagd met een charleston. En dan moet je Albert eens zien, drieëntachtig winters jong, waarvan vele uit de tijd dat er nog echte winters waren, en helemaal in zijn element tijdens de charleston. Hij draagt het pak waarmee hij waarschijnlijk wekelijks naar een begrafenis gaat, trof vanochtend zijn voorlaatste haar op zijn kussensloop aan, maar laat dat niet aan zijn pacemaker komen en speelt nu o maal o is oxo met zijn eigen benen. De guitigheid boenwast zijn ogen, zijn smile is een in onbruik geraakte lengtemaat. En of hij beseft dat hij de held van het moment is! Er heeft zich een kring rond hem gevormd, een eer die de laatste decennia vooral breakdancers te beurt valt, en hij, hij houdt stand in het midden van alle dingen. Dansend centrifugeert hij het heelal. Zijn vertoning wordt beloond met een applaus, zoals ook de muzikant na ieder nummer handenklapjes krijgt. 'Merci les danseurs, merci les danseuses,' zegt de mens. En hij bedankt niet alleen de dansers en de danseressen, maar ook de zangers en de zangeressen. Want ook dat doet een goede orgelman soms, stoppen met spelen in het midden van een refrein, zodat zijn publiek al zijn taken overneemt, en zingt. En zingen kunnen ze. '*Les sirènes au bord d'Alexandrie chantent encore la même mélodie, wowo, waah...*' De rek is al uit de stembanden, maar dat stoort niet en is niet lelijk bovendien. '*... les papillons de ma jeunesse, hah...*' Wat je hoort zijn de stemmetjes zoals je ze nog kan horen tijdens de zondagsmis van elf uur, als je je haast. Er zit zo'n apart vibrato in, tussen hun hoge en hun lage do ligt een vergane wereld van bakelieten radio's, hun ogen lichten op als een Wurlitzer-jukebox. Stemmen waarmee ruggen werden geschrobd, spinazie gehakt, en kinderen ontluisd.

Belangrijke mensen komen steeds op tijd, zij die belangrijk willen zijn te laat. De thé dansant draait al een hele poos op volle toeren wanneer op de parking een man zijn gezicht met een sigaar mijlpaalt alvorens de deur voor zijn dame te openen volgens de regels van de kunst. Met een knik begroet hij de aanwezigen en wijst hij zijn vrouw streng maar elegant een tafeltje aan. Hij loopt trots maar niet rechtop en bestelt twee tomatensapjes als betrof het een fles sjanpoepel. Meneer is Italiano, geboren in het zuiden van Mussolini's legerlaars, en wat hij probeert te bewijzen is dat zulks geen nationaliteit is, maar een levensstijl. Een sloeber ook, en een Don Giovanni. De hele tijd zit hij naar andere wijfjes te lonken, zijn ogen zoeken koortsig naar een lustige weduwe, en regelmatig zal hij er eentje met brede gesticulaties ten dans vragen. Dit tot groot ongenoegen van zijn eega, die de streken niet uit haar vos zijn haren kreeg gestreken en nu nors naar de dansvloer staart. Wie gaat dat opkuisen als ze van jaloezie ontploft? Italianen hebben een hart voor lingerie, onder haar doorschijnende witte blouse slaat een Z-cup in zwarte kant een brug tussen twee zweetvlekken. Zij heeft het gepresteerd om zeventig jaar tegen haar zin te leven, zoveel straalt ze uit. De enige reden waarom zij hier zit is om haar eigen man te chaperonneren. Dat alleen maakt Don Giovanni hier geliefd, want eigenlijk past hij met zijn maniertjes veel beter beneden, in het casino op de baan naar Dinant, waar ze ook iedere zondag thé dansant houden. In Le Belvédère moet je levenslustig zijn, in het casino bescheten.

Tijd voor een rijdans, denkt Leontine in haar goudkleurige jurk, en ze trommelt iedereen op. 'Tout le monde sur la piste!' Zo'n rijdans (niet te verwarren met een reidans) zegt mij niets, er gaat een grote infantiliteit van uit en het doet me denken aan mannen die in hun vrije tijd een rode zakdoek met witte bollen onder hun adamsappel knopen om gezellig cowboy te gaan spelen. Een half vliegengordijn aan lintjes aan hun mouw, een jeanshemd en een struik borsthaar eronder, gelaarsd, gespoord, om zo nu en dan eens een been op te heffen en als een echte vent op de plankenvloer te stampen. Doe dat in de kleuterklas, voor de eer en de glorie van uw algemene ontwikkeling, en distantieer u daar later van! De enige kunst aan een rijdans is het memoriseren van de pasjes, wat vanaf een zekere leeftijd inderdaad een probleem wordt. En schrijnend is. Gelukkig beseffen ze dat in Le Belvédère zelf en schakelen ze spoedig weer over op walsen en trage plakkers. Don Giovanni gaat uit zijn dak. Ik ook. Want plakken kan ik, tegen mijn olifantinnetje. Pas op, twisten kan ik ook, geleerd uit een boekje, van Louis Paul Boon: je moet gewoon doen alsof je met je voet een sigaret dooft, en deze beweging blijven volhouden. Niemand die ons aankijkt alsof we van een andere planeet komen, niemand die vindt dat we bij gebrek aan aderverkalking geen recht zouden hebben aan de genoegdoeningen van een middagje Belvédère. Omdat het niet de leeftijd is die deze mensen samenbrengt, maar de zin om te dansen. Zij gaan niet naar een of ander salon voor actieve bejaarden waar men lezingen geeft met hilarische titels zoals 'Beresterk door de winter', of 'Uw nalatenschap. Goed geregeld?' U moet hun niet komen vertellen dat het zin heeft om op uw tachtigste nog wegwijs te raken in de spelonken van het internet, en ze hebben er al helemaal geen zin in bij de kneukels te worden vastgepakt en zo te worden rondgeleid in de wondere wereld van de oude knol. Hun devies is simpel: doe niet onnozel en amuseer u. Ze mogen zoveel tijdschriften voor senioren drukken als men wil, de kanarie is er goed mee. Kom, een boogie, en een beetje rap!

Van al dat dansen krijgt een mens honger. Van al dat drinken trouwens ook. Dat is ook lang, vijf uur de ziel uit je lijf swingen zonder eerst een bol te hebben geslikt. Hier wordt zoiets heel eenvoudig opgelost met een kartonnen bakje friet. Een laagje op het maagje leggen. Morgen cholesterol, heden rock-'n-roll. Merci les danseurs, merci les danseuses.

Een thé dansant eindigt zoals hij begon. Plots. En je gelooft je ogen niet wanneer je die fuifbeesten van zo-even weer naar hun krukken ziet grijpen. Je zou zweren dat ze de ziekenfondsen hebben opgelicht. Mankend verlaten ze Le Belvédère, tevreden over hun blinde verzet tegen het gloren van de dood. A la prochaine, misschien.

Tussen de bielzen en de barelen is de wind het frist

Hoewel ik in de klas de kleinste was en steeds op de laatste bank zat (met een tijdbalk in mijn rug; ik bevond mij geloof ik ter hoogte van het steentijdperk, helemaal links), kon ik niet aan de aandacht van onze leraar ontsnappen. Meester Buyle. Door een combinatie van huwelijkse problemen en een stevig opgerukte leeftijd zag hij zo grijs als grijs kon zijn. Ik was negen, staartsterren zeiden mij meer dan staartdelingen, en ik mocht blij zijn dat het handschrift van mijn moeder zich sinds haar tiende niet verder meer ontwikkeld had zodat ik straffeloos haar handtekening op al mijn nota's en schoolrapporten kon nabootsen. De wereld zat toen nog zo in elkaar dat een leraar het zich kon veroorloven de intelligentie van zijn leerlingen luidop in te schatten, een recht waar meester Buyle gebruik van maakte, soms op lyrische wijze. 'Verhulst,' zei hij, want Dimitri ben ik pas geworden toen ik de school verliet, 'Verhulst, als gij niet beter uw best gaat doen gaat gij later nog stront rapen achter de trein.'

Zo'n job zag ik wel zitten, ik geloofde ook daadwerkelijk dat die job bestond. Tenslotte kneep je tot in de jaren tachtig als treinreiziger nog altijd je stoelgang uit op de dwarsliggers van het Belgische spoornet. Er zat een gat in de pot, waardoor je de grond, de bruine keien kon zien, en het onkruid dat daar soms tussen groeide. Zelf heb ik het nog gedaan als kind, staan plassen in de trein, in de langs alle kanten schokkende en klutsende trein, terwijl ik ondertussen de razendsnel onder mij voorbijsuizende houten latjes probeerde te tellen. Wellicht tot groot ongenoegen van wie daar na mij moest zijn. Want je moest al zeebenen hebben wou je op de trein als plassende jongen je stuurmanskunsten bewijzen. Gaan zitten deed ik alleen voor een grote boodschap, en dan voelde je de frisse wind tegen je billen. Wat best prettig had kunnen zijn indien het daar niet stonk, en zomer was. Er circuleerden verhalen van mensen die een hand was afgerukt nadat ze nog gauw naar hun portefeuille hadden gegrepen die in de pot gevallen was. Je geloofde dat, zo'n verhaal verdiende het geloofd te worden. Maar inderdaad, her en der op onze sporen lagen kleine hoopjes, ze leken zoemende geluidjes te maken maar dat waren de vliegen die er zich aan te goed deden, en zo onwaarschijnlijk was het niet dat iemand met een emmer en een schepje achter de feiten van al die treinen liep. Lekker alleen. Geen enkele baas die je op de vingers keek. Een ganse dag dromerig wandelen en af en toe je bukken om een drol op te rapen zonder ook maar één gedachte te moeten afbreken. Echt waar, daar kon meester Buyle mij niet in het minst mee afschrikken, en ik vond het een grote troost dat idioten nog altijd bij de Belgische Spoorwegen terecht konden. De Nationale Maatschappij der Belgische Spoorwegen: niet voor niets de grootste werkgever van het land, om en nabij de 40 000 man. De mannen van 'den ijzeren weg', ze hadden de reputatie twee rails aan elkaar te kunnen lassen met de handen in hun broekzakken.

Wat ik van de lessen wiskunde van meester Buyle heb onthouden, stelt mij vandaag in staat om uit te rekenen dat hij ondertussen zeer waarschijnlijk dood zal zijn. Niets aan te doen, ieder zijn beurt, God hebbe zijn ziel, God hebbe in één vlotte beweging meteen ook de dretsnatte spons waarmee hij het bord schoonwreef en die hij in slaap sukkelende leerlingen in het gezicht smeet. Maar ik zou hem graag nog hebben verteld dat hij ongelijk heeft gekregen, dat ik geen drollen van het spoor hoef te rapen. De waarheid is dat ze me bij het spoor niet moeten hebben. Ik heb het geprobeerd, echt waar, in 1997, bij de Eurostar. Mijn zelfkennis was toen op dat punt aangekomen dat ik mijn ambities richtte op het worden van de jongen die het karretje met dranken door de trein duwt. Er is vast wel iemand te vinden die weet wat de juiste benaming voor deze job is, maar ik heb geen zin om zulk iemand te ontmoeten. De eerste sollicitatieronde ging door in één van de gebouwen van de Nationale Maatschappij der Belgische Spoorwegen, in de Brusselse Frankrijkstraat, en de moed zonk mij in de schoenen toen ik vaststelde dat we daar met zevenhonderd mensen een gooi deden naar de job van ons leven. Zevenhonderd mensen wier droom het was met een paar thermossen koffie van wagon naar wagon te waggelen. Dit zou wel meer met de toestand van de nationale economie dan met de aantrekkingskracht van de trein te maken hebben gehad, maar aan zulke beschouwingen had ik op dat ogenblik lak, ik moest die job hebben. Mijn toenmalige huisbaas dacht daar net zo over. Een dame met das die ik voor een ongelukkig gehuwde hield sprak twee uur lang over de verlokkingen van het spoor, die stalen snee door het landschap. Ze deed de inhoud van onze toekomstige job af als niet te onderschatten, en zei dat wie de drie voorronden zou overleven zich aan een opleiding van twee weken mocht verwachten in Wimbledon. Twee weken opleiding om een minibar met Luikse wafels en caoutchouc broodjes door een trein te stampen? En was dat echt nodig om daarvoor naar Wimbledon te gaan? Ja dus. Afijn, ik deed mee aan het examen, dat grotendeels uit vertaaloefeningen bestond. 'Hat er hier jemand Koffie gewünscht oder stampe ich mein Karretchen gewön weiter bis der nechtste Wagon?' Het vertelt vooral veel over de andere kandidaten, maar ik bleek geselecteerd te zijn voor de tweede ronde: een praatje met een bedrijfspsychologe. Niet over mijn moeder beginnen, zoveel was zeker. En ik ben tegen dat mens ook niet over mijn moeder begonnen, maar achteraf gezien had ik het beter wel gedaan. Sinds 1997 moet ik ermee leven dat ik psychologisch niet in orde ben verklaard, althans niet voldoende om koffie te kunnen schenken. Ik heb nooit meer om een baan bij de spoorwegen gebedeld. En als ik vandaag naar de jongens en meisjes kijk die zich met hun karretje een weg tussen de zitbanken, de lange benen en de reistassen ploeteren, kan ik het niet laten hen te verdenken op het bezit van een dubieuze psychologie. Misschien hebben ze een gelukkige jeugd gehad, ze zijn er vet mee.

De trein, 's lands trots of toch geweest, bleef zich altijd wel een plaats in mijn leven wurmen, in België is het sowieso moeilijk om een trein te ontlopen, maar tegenwoordig is die plaats prominenter dan ooit: hij raast een paar keer per uur door onze tuin. Het hele huis davert bij iedere doorrit, de glazen in onze kasten huppelen op en neer, gesprekken worden stilgelegd tot de trein weer voorbij is. Geen enkele mol is zo zot om in onze tuin zijn huishouden te installeren, dat voordeel biedt zo'n dagelijkse serie aardbevingen wel, maar ons levensritme is helemaal afgestemd op het uurschema van de spoorwegen. Wanneer wij hier in huis een monoloog beginnen, dan beslist de trein over de plaats van de rustpunten in ons betoog. Op den duur wordt zoiets een tweede natuur: als wij op reis zijn houden wij nog altijd hetzelfde spreekritme aan, we bouwen ook op verplaatsing onze stiltes in op precies dezelfde tijdstippen als die waarop de trein door onze tuin buldert. De vrienden die de moed hebben ons te bezoeken merken het steeds weer op: 'Dat jullie hier niet gek worden!' En dan zwijgen we nog over onze nachten, die nu eens door de hartstocht, dan weer door het vervoer van kolen, bier en auto's schokkend worden doorgebracht. Jawel, meerdere keren op één nacht. Drie kilometer van ons huis heb je een rangeerstation, een van de grootste van het land, en het jammere is dat die goederentreinen precies ter hoogte van onze tuin beginnen af te remmen. Een met tonnen en tonnen beladen remmende trein krijst, erger dan kattinnen op een golfplaten dak in tijden van primitieve drang, indringender dan een gekeeld speenvarken, en bijna net zo irritant als kleine kinderen aan de kassa van de supermarkt. Op mijn piano kan ik uitsluitend korte stukjes spelen, rap-rap tussen twee treinen in doorrit in. Los van het feit of ik er al dan niet het talent voor heb, heeft het geen enkele zin mij toe te leggen op het oeuvre van Rachmaninov zolang wij in dit huis blijven wonen. Een huis waarvoor de eigenares niet te veel huurgeld durft te vragen, dat is zowat de enige reden waarom wij het blijven verdragen dat er in onze ijskast waarlijk niets staat dat wij nog moeten schudden voor gebruik. Toen ik onlangs (op de trein) las dat er op een orgel in het Duitse stadje Halberstadt een compositie van John Cage zal worden gespeeld waarvan de eerste drie noten anderhalf jaar in beslag zullen nemen, en waarvan de laatste noot pas over 693 jaar door een pijp zal worden geblazen, had ik twee bedenkingen. Ten eerste, John Cage heeft klaarblijkelijk nooit naast een spoorweg gewoond, en ten tweede, mij zien ze de eerste 693 jaar niet in Halberstadt.

Een trein vergeef je veel. Omdat het een trein is. Wanneer mijn geliefde en ik weer zitten te kafferen op onze woonplaats, dan is het niet omdat de stal is ingezakt nadat de tienmiljoenste intercity een trilling van tien op de schaal van Richter door de moegetergde muren joeg, maar omdat we aan de voorkant van ons huis met een intens lelijke steenweg zitten opgescheept, de N444, waarop auto's snelheden halen die met de beste wil van de wereld niet meer te verantwoorden zijn. Onze overburen slaan zich een kruisteken voor ze de straat oversteken; ze mogen dan misschien Getuigen van Jehova zijn, het zegt toch iets. De lelijkheid van deze straat wordt in niets gecompenseerd, zelfs niet in de aanwezigheid van een ex-Miss België links van ons en een ex-Miss Belgian Beauty rechts van ons, en het onophoudende gesputter van motoren, optrekkende brommers, loeiharde autoradio's, tutu-tutuënde ziekenwagens en exploderende knalpotten en al wat ik hier vergeet... al dat alles maakt dat wij liever in onze keuken zitten waar de potten op de tafel het ritme roffelen dat de trein dicteert. Een geroffel dat echoot, want wij wonen tevens onder een viaduct. Boven ons hoofd bevindt zich de E17, de huisbazin vraagt eigenlijk nog steeds te veel. Een kelder hebben we niet, anders had daar wel een metro gereden.

Maar een trein vergeef je veel. Want de trein is een wonder waarover met grotere gebaren kan worden verteld dan over enig ander voertuig. De naam Stephenson galmde door alle klaslokalen, en misschien galmt hij zelfs in het klasje waar ik achteraan in de klas zat en van mijn stotterende buurman luizen kreeg nog altijd na. Wij hebben heldenverhalen gehoord over de eerste trein en niet over de eerste auto, wij weten dat België het dichtste spoorwegennet ter wereld heeft, dat de eerste Europese passagierslijn tussen Brussel en Mechelen liep en dat de koeien zodanig flipten op het voorbij denderen van die eerste trein dwars door hun ooit zo rustige wei dat de hele bevolking wel drie weken lang zure melk moest drinken waarop een vel lag van zo'n zeven duimen dik. Overdrijf ik? Een beetje, maar toch niet veel. Meester Buyle hief zijn armen ten hemel, zijn hoofd zwol op tot de foto van koning Boudewijn in de schaduw van zijn kaken stond wanneer hij oreerde over een tijd waarin België nog iets betekende op wereldvlak, over vooruitgang, over stationsgebouwen die werden opgetrokken als gotische kathedralen, en dat al die welvaart te maken had met de komst van de trein en de schitterende organisatie van onze spoorwegen. Ik ben er zeker van dat meester Buyle niet de enige leraar was die zich ooit op deze wijze voor het bord heeft aangesteld.

'Is het eigenlijk geen eer, meneer, om stront te mogen rapen achter dit fenomeen?'

'Verhulst, vier bladzijden!'

Mijn vader, die erin geslaagd is om zijn intelligentie zijn hele leven lang verborgen te houden, en op wie ik volgens iedereen als twee druppels water lijk, is er aan kunnen ontsnappen om stront achter de trein te rapen. Ze hebben hem, zoals u ondertussen zou moeten weten, bij De Post gestopt. Als zoon van een brievenbesteller heb ik het genoegen gesmaakt gratis met de trein te mogen rijden zolang ik minderjarig was, en uiteraard liet ik mij dit geschenk van de overheid bijzonder wel gevallen. Op vakantiedagen nam ik de trein, naar lukraak waar, meestal zelfs zonder de stad aan het eind van het traject te bezichtigen, om dan de eerstvolgende trein in de tegenovergestelde richting te nemen. Ik leerde daar dat de trein een goede bron van fantasieën is, en verreweg het beste voertuig waarmee men zijn safari op de inspiratie kan inzetten. Het wiegen van de wagon wakkert heerlijke gedachten aan, het weekt verhalen los. Op stadsbussen zat ik met mijn hoofd in een plastic zak, van treinen stapte ik voldaan. Het voyeurisme gebeurde er in alle openlijkheid: omdat je weinig andere keuze had kon je een zalig lange tijd iemand van kop tot teen bekijken en een leven voor dat iemand bedenken. Een leven dat schoner, of minstens toch interessanter moest zijn dan in de werkelijkheid, zoveel gunde ik mijn bedenksels wel.

Het gekke is dat deze episoden in de vergeetkamer van mijn gedachten zaten, een kamer die dringend aan uitbreiding toe is, en dat ik me recentelijk mijn jeugdige uitstapjes naar zomaar nergens met de trein plots weer herinnerde tussen Dordrecht en Tilburg. Godbetert. Er rijdt een trein tussen deze twee steden, samengesteld uit wagons uit verschillende landen en verschillende tijdperken. Het heeft iets museaals, ook al is dat de bedoeling niet. De wagon waarin ik plaats nam was Belgisch, afgedankt, vanbinnen zo bruin als de vingers van mijn pa, en het viel mij op dat ik in geen twintig jaar meer zo comfortabel op een trein had gezeten. Ik had er plaats voor mijn benen, er was plaats voor alle reizigers hun benen, geen hond hoefde er recht te blijven staan. Het absurde gevoel in Nederland op reis te zijn. Het absurde gevoel in Nederland op reis te zijn in een België van weleer. Van de Nederlanders ben ik het gewoon dat ze hun oud ijzer zelf naar het buitenland smokkelen. De oude Rotterdamse tram rijdt in Havana, weliswaar gemonteerd op een alles en iedereen zwartblakerende vrachtwagen; en ook de roestige laadruimten van de firma Van Gend&Loos zijn er omgebouwd tot zoiets als een stadsbus. Maar dat je een ouwe Belgische trein niet zomaar afdankt maar moet laten rijden, dat weten zij, beter dan de Belgen.

Het is de oude glorie en haar glans die de houdbaarheidsdatum overschreed die maken dat je een trein vandaag zoveel vergeeft. Want de trein die door mijn tuin rijdt, da's niet de trein die ik bij het uitspreken van het woord 'trein' voor me zie. Victor Hugo, Queen Victoria, Laurel & Hardy..., ze kwamen ooit met de trein naar Gent, zij hebben nog door mijn tuin gereden, en mijn verbeelding schiet tekort om hun nu de roltrap te laten nemen naar het perron waar hun panfluitdeuntjes ter compensatie van een vermoedelijke vertraging wachten. Wachtmuziek. Alles moet met muziek. Je kunt geen hotellift meer instappen of je moet er bewezen horen dat de hits van The Beatles ook op een klarinet kunnen gespeeld worden, en persoonlijk ken ik etablissementen waar men meent eventueel toiletleed te moeten verzachten met een streepje Classics for Romantics. De verstoven geur is daar van dennen: je krijgt er het gevoel in de bossen te schijten met een klassiek orkest dat twee struiken verderop voor het kerstfeest repeteert. De NMBS moet moderniseren hoor ik, en dan ben ik bang dat ze daarmee bedoelen dat er weldra ook ín de trein pleemuziek en een vermoeden van struikgewas zal zijn.

Als, ja als de trein vandaag een beetje reizen is, dan is dat met heel veel goede wil van de reiziger, en is het naar een andere tijd. Naar de periode waarin er werd gekust op het perron, toen de mensen nog zoenen konden, werk maakten van zo'n zoen, en dat zakdoeken wimpels waren, wapperend tot de trein een stip werd. Ontelbaar zijn de foto's van perronzoenen: het meisje lag acrobatisch achterover, haar mond was een gat met de grootte van een hele appel, je zou gezworen hebben dat haar minnaar het bizarre plan had opgevat in haar huig te bijten. De tijd dat je in Oostende de Orient Express nam en zelfs erna. De tijd dat stationsgebouwen nog op een ansicht prijkten. Het is lang geleden dat ik vakkundig zag zoenen in het station, en het is omdat ik de mens wil sparen dat ik het maar op de huidige charmeloosheid van de trein zal steken.

Je zal als buitenlander maar een oude editie van een reisgids voor België hebben gekocht. Je ziet dat wanneer je de boemel van de luchthaven naar de hoofdstad neemt. Het is met lood in de schoenen dat buitenlanders hun koffers van het bagagerek tillen, met ongeloof dat ze door het raampje staren en zien dat die kolenkelder 'Brussel Centraal' heet. 'Excuse me, is this Brussels Central Station? Are you sure?' De trein rijdt, in tegenstelling tot de auto, langs de achterkant van de wereld. De geklasseerde gebouwen in de buurt van het station van Gent St. Pieters blijken halve krotten te zijn, maar die puinhoop krijg je pas te zien vanaf het spoor. Er is geen voertuig dat je een eerlijker indruk van het land geeft dan de trein. Zie onze tuintjes, onze duiventillen, onze koterieën. Zie onze onderbroeken drogen aan de draad, onze tuinkabouters, onze houten schommels, onze selder en onze porei. Aanschouw onze veranda's, onze serres, onze parasols van Jupiler, onze opblaasbare zwembaden voor de kleintjes, onze ongeverfde bakstenen achterkanten, onze chalets voor onze grasmaaiers, de schaaltjes met melk voor de kat, onze gekooide honden en onze gemetselde barbecues: neem de trein. Vroeger tjoekte hij.

Wat mij pardoes te binnen schiet: nam u in de jaren zeventig weleens de trein van Lede naar Brussel? Ja? En keek u dan soms door het raampje? Ja? Dan zag u ongetwijfeld regelmatig aan een onbewaakte overweg een kind in een rode sponzen broek tamelijk debiel maar vriendelijk naar u staan zwaaien. Het had pistachegroene kousen die tot hoog boven zijn knieën waren opgetrokken. Herinnert u het zich een beetje? Dat kind was ik, en u heeft niet één keer naar mij terug gezwaaid. Boer! In de grote vakantie heb ik dan maar geprobeerd uw trein te laten ontsporen, dat had u wel verdiend. Samen met mijn achternichtje legde ik van alles op de bielzen, het begon met een kei en het eindigde met twintig glazen flessen water op een rij. Verongelukken deed u niet, maar omdat u zo onvriendelijk was mijn bestaan te negeren, vertel ik u nooit over de schoonheid van twintig muzikaal kapot spattende flessen op een spoorweg. Een trein ontsporen is de ultieme droom van elke jongen, en ik was niet van plan het zomaar op te geven. Ha, dan kende u mij nog niet goed. U had zich mogen voorbereiden op een winkelkarretje annex dikke boomtakken annex fietskaders op de rails, ware het niet dat ik op een ochtend op datzelfde spoor, ter hoogte van Haaltert om precies te zijn, afgeschrikt werd door heel veel politie en een beeld dat ik niet licht vergeten zal. Twintig opengereten koeien ongeveer, in ontelbare koteletten en gehaktballen vaneen. De uiers hingen tot in de bomen. De nacht ervoor had iemand een veestapel van een weide gestolen, hij moest met de lompe kudde over het spoor... De rest van het verhaal stond in uw krant. Maar mijn goesting om aan de ijzeren weg te spelen was over, ik nam opnieuw mijn befaamde Elvis-imitaties op; u heeft geluk gehad.

Een beest, zo hebben schrijvers nog de trein genoemd. Een beest, een monster, een gevaar. Nu luidt de teneur dat er de laatste vijftien jaar in onze contreien niet bijster veel papier meer is vuilgemaakt aan die stalen titaan. Omdat het geen titaan meer is die zich kreunend en stomend op gang trekt. Lawaai maakt hij uitsluitend voor wie een meter te dicht naast het spoor woont. De hedendaagse trein verbijt geen enkele pijn, hij rijdt zonder theatraal vertoon, verloor zijn dierlijkheid. De ongezellige wachtkamer van een stad werd hij, eenvoudig bestuurbaar voor een machinist, onbestuurbaar vanuit het parlement. Je kunt hier geen minister van Openbaar Vervoer worden of ieder zuchtje wind dat heeft geheerst tussen de bielzen en een bareel blaast je omver. De trein, zijn monotone cadans keert weer in het politieke gekrakeel. Te duur, tuftuf, te traag, tuftuf, te laat, tuftuf, geen volk, tuftuf.

Er zit bladluis op de lauwerkrans van onze spoorwegen, de palm is tot poeder verrot. Heel even moet er een enkeling de hoop hebben gekoesterd dat de kluchtige aanstelling van een nieuwe directeur de sloop zou stoppen, maar nu ook deze zijn lievelingsfoto van vrouw en kroost op het eikenhouten bureau van zijn voorganger heeft gezet, blijkt die hoop tevergeefs te zijn geweest, wat uiteraard kenmerkend is voor hoop. België is het land van de verdwijningen, de trein voegt zich in het rijtje van vele. Voorlopig is het debat naar het lullige niveau afgezakt waarbij men meent de Belgische Spoorwegen te moeten kipkappen tot een Vlaams en een Waals gedeelte. Het was nu net zo plezant, want het enige moment waarop de reizigers massaal in een deuk liggen, is toch wanneer we de taalgrenzen overschrijden en de Vlaamse conducteur plichtshalve in zijn kaduke Frans het volgende station aankondigt. Pak ons dat niet af! Maar zo'n vaart loopt het niet, vooralsnog. Al is de afslanking wel begonnen. Ooit tot de verbeelding sprekende internationale verbindingen werden geschrapt, naar Milaan, naar Venetië. En de potloodpunt is nog lang niet bot, die zal nog heel vaak worden natgelikt en er zal nog worden geschrapt. Een trein die ik nooit meer hoef te nemen, is die naar Bern. Niemand. Zoals niemand ooit nog de nachttrein naar het Franse zuiden zal nemen. En zeer waarschijnlijk vliegt binnenkort Amsterdam van de gele tijdstabellen, al kan wie geld te veel heeft wel met de TGV om zijn bloembollen. Na z'n vliegtuigen speelt dit land z'n treinen, z'n verbindingen met de buitenwereld kwijt. Maar met internet kunt u natuurlijk te allen tijde uw claustrofobie te lijf.

De mooiste treinreizen, ze liggen in iedere boekhandel gebundeld. Verwacht daar geen rit door het land dat een pioniersrol speelde in de exploitatie van de trein tegen te komen.

Ik ben zopas van de trein gestapt. Ik heb er gezien dat een zitbank ongeveer dezelfde afmetingen als een geopende krant heeft. Ik heb er gemerkt dat een walkman een uitvinding is die nog geperfectioneerd kan worden. Ik hoorde er niemand met iemand praten, tenzij telefonisch. Ik werd er niet gevraagd mijn buur te helpen bij het invullen van zijn kruiswoordraadsel. Op een oude vrouwenschoot zat een hondje, aan de nek van het hondje bengelde een medaille met zijn naam en zijn adres. Fifi uit Lovendegem. Waar je kon zitten met vier en waar er een tafeltje was, werd er niet gekaart, niet voor geld, niet voor de eer, niet voor de terugbetaling van een treinticket. De mensen zagen er even gelukkig uit als op de foto op hun treinabonnement. Iemand sliep, gelukkig geluidloos maar zijn mond stond open. Hij had nog al zijn tanden. Ik las de datum van mijn vervoersbewijs, en ik had geen enkele reden om aan die datum te twijfelen. Het was eclatant vandaag. Het landschap waardoor we reden werd afgegraasd door koeien, de trein laat al lang geen indruk meer na op hun melkproductie. Het weinige aan wonder dat een koe nog erkent, is de luchtballon.

Er is nog een heel klein beetje wit op mijn blad. Voor ik naar mijn rammelende huis terugkeer schrijf ik deze laatste regels in een stationscafé. Posters aan de muren maken hier reclame voor een trein die al decennialang niet meer rijdt. En de cliënteel van welhaast ieder stationscafé is er vrijwel altijd één die nooit de trein neemt. Stationsbuurten worden bevolkt door lieden die heel massief aan de toog zitten, zuiplappen en hoeren en vechtersbazen. Ze hebben een hoog poëtisch gehalte, maar niet als je ze van dichtbij ziet. Ze zitten hier al van 's ochtends bij het binnenlopen van de eerste trein, alsof ze de hectische beweging in de wereld opslokken vanachter hun glas, en zich op die manier getroost voelen in hun stilstand. Mijn maag keert om als ik hen 's ochtends reeds zie zitten met een schuimende pint loodzwaar bier, en mijn maag keert om als ik hen daar 's avonds nog altijd zie zitten, op dezelfde plaats, in dezelfde houding, met een glas onder hun snor. Ze nemen nooit de trein, ze springen er zelden onder.

Het evangelie volgens Vlaanderen

Het moet geweest zijn om in de menselijke behoefte aan Christussen te voorzien dat men wielerwedstrijden is gaan organiseren, tot een andere conclusie kan ik niet komen wanneer ik schuimbekkende renners zie vallen en opstaan, vallen en opstaan, luidkeels aangemoedigd door hen die niet beter weten en schreeuwen om harder, en sneller, en heroïscher. God heeft ons lang geleden verlaten zonder een briefje op tafel na te laten maar wij, nietig stof en slijk der aarde, wij die hier onwaardig rondkrabbelen en ons voortplanten gelijk al het ongedierte doet, wij zijn niet bij de pakken blijven zitten, simuleerden de calvarietocht, zetten onze eigen Christussen op de fiets, en joegen hen door de modder en het slijk dat wij zelve zijn. Sterven voor het volk, daarvoor ben je ofwel renner, ofwel de zoon van God. En verrijzen doet alleen de winnaar, op het bovenste schavot, overladen met palmen en zoenen van een plaatselijke Maria Magdalena. De Heer heeft ons de koers gegeven en heel de hemel weent van jaloezie wanneer een coureur zijn armen de lucht in steekt. Want zoveel is zeker, was de koersvelo toen al uitgevonden geweest, dan had Jezus zijn dodentocht richting crucifix in geen geval te voet gedaan. Sommige wielerverenigingen hadden dit reeds begrepen en gaan in de zomer per fiets op bedevaart naar Lourdes of Santiago de Compostela, dit even in de marge. De vraag echter waar de ultieme nazaat van de Nazarener dient te sterven om zijn supporters te verlossen van hun grote en hun kleine zonden, is een vraag waarover menig concilie zich kan buigen. Zelf zou ik opteren voor de Muur van Huy, maar ik weet dat ook de kasseien van Roubaix, de Cauberg, de Tourmalet, de Muur van Geraardsbergen, de Mont Ventoux en de Koppenberg uitstekende surrogaten voor het kruishout zijn. Maar kalenders liegen niet, de kruisdood was de gril van één april, en geheel ontoevallig kent ook de wielrennerij zoiets als een voorjaarse Goede Week die wordt beleden tussen Meerbeke en de Hel. In die zin zal het geen paus verbazen wanneer Pilatus vandaag zijn martelaren op pedalen over de Pladutsestraten dezer aarde jaagt. De Ronde van Vlaanderen als nieuwste testament, de troost der armen, ter genezing van scheurbuik in de tanden, koudpis, koliek en vliegende etter! De Ronde van Vlaanderen is de bijbel die uit zijn elfendertig boeken treedt, met de tenhemelopneming pas op de laatste streep, onder een spandoek van *Het Nieuwsblad*.

Er staat veel reclame op die doornen kronen van tegenwoordig, dat is waar, ook Christussen moeten mee met de tijd, het laatste avondmaal zit in knijptubes en men zeult zijn lijf met hartslagmeters naar de galgenberg. Maar dat is een nieuwerwetsigheid waarmee goden kunnen leven. Veel erger is het dat de goden devalueren, omdat de koers te vaak wordt gereden, en dit in voor martelaren te gunstige omstandigheden. Om echt mythisch te worden zou de Ronde van Vlaanderen een voorbeeld moeten nemen aan de Elfstedentocht, en zou de organisatie pas daags voor het evenement mogen beslissen of de wedstrijd al dan niet zal doorgaan. Want wat zijn de woorden waarmee het opperste rayonhoofd Friesland slechts zoveel maal per eeuw van een langgerekte geeuw verlost? It giet oan! Het gaat door, it giet oan, omdat het ijs een dikte van vijftien centimeter heeft bereikt. It giet oan, Vlaanderen zou die Friese woorden moeten adopteren, en adapteren aan de Vlaamse context, wil het ooit zijn eigen wielerronde ten volle respecteren. Alle meteorologische diensten zouden zich een hele voorafgaande week dienen te ontfermen over wiggen in het wolkendek, hogedrukgebieden en verre zuchten van de Azoren. En feest zou het zijn wanneer de weerman na diepgaand conclaaf eindelijk op teevee verschijnt en zegt: it giet oan, het gaat gieten, het gaat gans de zondag onverdroten pijpenstelen gieten, de goten zullen nauwelijks het snot der hemelen kunnen slikken, de regen zal driftig het tempo op elke fietshelm tikken, als een metronoom, it giet oan, de wedstrijd mag beginnen, laat de dweilorkesten zich posteren aan de Muur van Geraardsbergen! Zo behoed je helden voor de uitverkoop. Want uiteindelijk is het toch dat wat Vlaanderen in de aanloop naar de Ronde doet: kijken naar het weerbericht, bidden voor tien bidons nattigheid per vierkante meter. Er wordt gerekend op wind, een zich voortdurend ongunstig draaiende wind, of hagel, of late vlokken sneeuw, of een combinatie van die laatste twee. De winnaars aan wie warm wordt teruggedacht, zijn enkel zij die de gesel van het weer doorstonden, die ransel kregen van de regen op hun kromme rug. Bij strontweer staat de heldhaft reeds op voorhand vast, de reputatie van deze Heilige Koers zou niet mogen worden aangetast door een aangename lentebries en temperaturen zonder kuren. Maar wie gaat dat de sponsors uitleggen? Welke poëet trekt die cijferboer van een investeerder over zulk een meet? En wie krijgt Peter Van Peteghem aan het verstand dat hij op 6 april 2003 een wedstrijd won die in feite maar op de Ronde van Vlaanderen leek. De collectieve herinnering van Vlaanderen is zeiknat, je ploegt met druipende paarden door het verleden van dit platte land, het is niet te veel gevraagd dat de Ronde daarin past.

Hetzelfde zou moeten gelden voor Paris-Roubaix, die met de Ronde een twee-eiige tweeling vormt. Ook daar zien wij de brokken grond gaarne opspatten tot in de bronchiën van de zwoegende coureur. Godenzonen moeten nu eenmaal voldoen aan harde selectiecriteria, anders hadden ze net zo goed aan pingpong kunnen doen.

Maar goed, ieder jaar opnieuw is er de hoop dat de Ronde mythische proporties zal aannemen en slaan de drogisten potten witte muurverf en dikke borstels in. De straten worden beklad met rennersnamen, kilometerslange bedelbrieven op de grond, aan Het Hogere aanbevolen winnaars. Het is onvoorstelbaar dat in dit zotte koersland een van de grootste verffabrikanten onlangs het faillissement heeft aangevraagd. Er wordt wat af geverfd, de Vlaamse Primitieven zorgen ervoor dat het haast volledige parcours zich laat lezen vanuit de lucht, en wie het helikopterbeeld bekijkt zou zweren dat er zelfs een penis deze wedstrijd rijdt. Ik zei het, de goden moeten mee met hun tijd, de fallussen her en der op het macadam getekend jagen de van vleselijke onthouding gepijnigde renners naar voor met de belofte van een bed vol zachtere benen in geval van winst. Een broek vol schurend zeemvel en goesting, terwijl zijn keiharde zadel de renner tijdens een lastige beklimming ruw en verre van bevredigend langs achter pakt, dat is martelaarschap, daar houdt het katholieke Vlaanderen van. Hier wordt de pijn gepredikt. De kerken lopen leeg, maar de kansel werd koers en het leed werd aangemoedigd met proper gewassen en gestreken vaandels. Sommige van die vlaggen zijn gesteven met fascistisch gif, zij wapperen niet voor de wedstrijd maar voor de camera, en salueren in de wind voor een land van spruitenteelt en industrieterreinen dat ooit onafhankelijk zal zijn. Le plat pays, mais pas le mien. Maar zij die de koers niet misbruiken, voor wie de koers de koers is, rijden in het voorjaar de laatste vetrol van het copieuze kerstdiner in de vernieling, en verkennen kreunend het parcours. Zo krijgen zij de knikken in het landschap in hun knieën, en wie de sterkten en de zwakten van zijn favoriete renners kent, zal zich daar reeds bezinnen over zijn in te vullen wielerpronostiek. Het respect dat kan worden afgedwongen door weken op voorhand reeds de winnaar te hebben voorspeld! De koorts kondigt zich aan in krantenkiosken waar lange rijen aanschuiven om hun pronostiek tijdig af te leveren. In kroegen worden de gokformulieren met daarop de niet zelden foutief gespelde rennersnamen duidelijk zichtbaar opgehangen boven de biljarttafel, en in de nevel van inferieure roltabak wordt weinig anders nog gedaan dan weetje-watjes over de gedoodverfde winnaars gewisseld.

En ieder jaar opnieuw erlebt Vlaanderen collectief aha, wanneer de televisie dag na dag na dag na dag beelden van vorige edities uitzendt, ter opwarming. Het gaat om vaderlandse geschiedenis, op communistische wijze in de strotten van het volk gestampt. Biografieën worden hagiografieën, opdat wij nooit vergeten de heldendaden onzer renners. Wie stierf in het zadel, die stierf voor het vaderland. Daarom vergapen wij ons ieder jaar weer aan dat nietige rennertje met de koperkleurige haren die vrijelijk de tranen laat rollen over zijn bleke vel van gestipte paddestoel, en die jankend zijn gladiolen ter hoogte houdt van waar het volk een aureool vermoedt. Edwig Van Hooydonck, een jongen van bij ons. Hij had onze buurman kunnen zijn, hij had de sullige jongen van onze klas kunnen zijn in wiens gezicht wij regelmatig groene slierten spuwden. Wij hadden hem godverdomme zelf wel kunnen zijn. Een icoon. Wij zien weer Eric Vanderaerden vallen en opstaan, bandbreuk krijgen, met zijn broek kapot en met zijn achterwerk aan rafels geschaafd opnieuw de fiets bestijgen. Wij, die voor ieder kuchje en voor elke ingescheurde vingernagel onze huisarts om ziekteverlof smeken, wij aanbidden deze jongens. Ze krikken ons gemiddelde op, ons bruto nationaal doorzettingsvermogen. Wij aanbidden meervoudige winnaars als Merckx, zijn naam laat zich op veel te weinig woorden rijmen voor een heldendicht, spijtig, bijna waren we belezen. En Johan Museeuw moet door het leven als de Leeuw van Vlaanderen (een naam die hij heeft gestolen van Cyriel Vanhauwaert, 'de man die zijn volk leerde fietsen', maar een geheugen wordt zeer hinderlijk zodra het functioneert). Televisie als epiek, met de speaker als hedendaagse skald. Zo naai je de natie op, zo wil het volk dat er een vervolg wordt gebreid aan de zegereeks. Op eigen bodem de vijand verslaan, daar gaat het om, daar hangt het welzijn van het land aan vast. Kijk maar naar de Fransen, in geen jaren meer de baas geweest in hun eigen Tour en sindsdien op de sukkel. Zelfs de populariteit van hun wijnen heeft eronder te lijden.

Gescheiden vaders vloeken wanneer ze op de dag van de wedstrijd het hoederecht over hun kind krijgen. Liever waren ze naar de start gaan kijken, en hadden ze de koers in een kroeg op het scherm gevolgd. Of wie weet hadden zij zich strategisch opgesteld ergens op het parcours. Nu moeten ze aandacht schenken aan dat strontkind, het is nog zo jong en zo onderontwikkeld dat het in zijn dromen zelfs geen klassieker wint. Gewenst of ongewenst, kleine kinderen verliezen tijdens de Ronde van Vlaanderen het recht op een welwillende vader, en worden wezen van de koers. De kansen dat zo'n kind wordt geboren uit een koershatende mama worden trouwens ook geringer met de dag. Die boerenmoeders van vroeger vonden hun weg naar de fitnesscentra, waar ze zusterlijk naast elkaar op een hometrainer en onder het aanmoedigend gekrijs van een jonge meid met microfoon de calorieën samen met zeven zwangerschapsstriemen van hun lichaam rijden. In een warm, naar zuur zweet stinkend zaaltje trappelen ze eens per week een etappe uit de Tour de France ter plaatse, op de beats van technologische marsmuziek beklimmen ze verzonnen bergen, ze sprinten tegen hun eigen spataders, sprokkelen afgevallen kilo's als bonificatie. En zo worden de dames ervaringsdeskundigen en kweken ze meer koersverstand dan die theoretiserende kettingroker in de zetel. Deze moeders toveren op de zondag der zondagen taart op tafel, voor het ganse gezin dat samen voor de beeldbuis zit. Renners worden naar de voorste gelederen geroepen, beschermengelen worden aangeroepen ter voorkoming van een lekke band bij de favoriet des huizes, en naarmate de finale nadert, smaakt de koffie steeds meer naar cognac. Het kind dat daar de aandacht van de televisie naar zijn eigen persoontje wil verplaatsen krijgt een muilpeer. Terecht, ook al heeft dokter Spock daar in zijn opvoedingskundige geschriften met geen letter over gerept. Een volksfeest, dat is het. En al helemaal een volksfeest is het op het parcours, waar mensen urenlang de kou en een steevast steeds zattere medemens trotseren om een plekje te veroveren vanwaar ze met veel geluk drie seconden hun idolen zullen zien. Een flits. Maar wel een flits van potentiële Christussen. In dichte drommen staan ze bijeen, soms achter dranghekken, soms op een hoopje in de berm, als sardines economy class in een blik, en dat alles zonder elkaar verrot te slaan. Voetbalsupporters maken het op dat punt de sociologen toch makkelijker.

Vele varkens werden naar het slachtblok geleid om wielerminnend Vlaanderen op deze hoogdag van hotdogs te voorzien, de lege vaten bier zullen 's avonds getuigen van een nationale nierspoeling. Straks wint er een streekgenoot die hen van deze pekelzonden zal bevrijden. Dat hopen ze. Daarom schreeuwen ze, kleppert hun huig als een klepel in de klok van hun mond. Allee Ludo, allee Franck, allee Jowan, allee Deef, allee. Renners mag je bij de voornaam noemen, tutoyeren. Als je hun volledige achternaam zou uitspreken, zijn ze allang voor het vallen van de laatste lettergreep om de volgende bocht verdwenen. Veertig per uur en meer, de snelheid van een zaadlozing volgens de maffe wetenschapper die dat ooit heeft gechronometreerd. (Het is daarenboven ook geleden sinds mijn eigen conceptie dat ik een klassieker won.)

De winnaar is allang van de massagetafel gegleden, zijn bloemen staan reeds in een vaas, hij ligt misschien al in bed voor een te korte nacht met vlagen van krampen en martelende gedachten aan een nakend Paris-Roubaix, wanneer in de kroegen op het wedstrijdtraject de monden van Vlaanderen oude kaskrakers zingen en de poten van de tafels worden krom gedanst. Er zijn nauwelijks nog kermiskoersen, maar deze koers is kermis. Fanfare en majorettes inbegrepen.

Zeker, de Ronde van Vlaanderen is een schone koers en de populariteit ervan blijft maar stijgen. Per jaar worden er meer mensen op en langs de omloop geteld, een groeiend aantal zowaar in carnavalskledij. Bedrijfsbonzen die als de dood zijn voor een nat vlekje onder hun oksel vonden hun weg naar de Vlaamse Ardennen, waar zij zich in een viptent laten opmerken achter een folkloristische kuip mosselen met friet. Het volkse is weer hip, verworpene der aarde zijn even modieus als een bepaalde snit. Maar het landschap waardoor de Ronde wordt gereden is gaan kraken onder de wielerkaravaan, en niemand die het hoort. De Muur van Geraardsbergen heeft in 2003 zijn eigen kasseien afgestoten, als een lichaamsvreemd wezen. Een teken. Het parcours verschuift en verzakt, schudt de wedstrijd van zich af.

Het Vlaanderen dat de Ronde zo graag aan de wereld toont, bestaat niet meer. Het landschap liegt. Het is namelijk ver zoeken naar de boerenwegels die zich door de heuvels slingeren, en het is de prestatie van de organisatoren dat zij deze schaarse baantjes nog aan elkander kunnen naaien. Nog even. Het is de ronde van de nostalgie aan het worden, een eendagsrit door een echo van vroeger. De kasseien werden erfgoed, en de modale fietser is ook blij wanneer die kinderkoppen eindelijk worden vervangen door vlotter berijdbare stenen. De koeien langs het traject ruimen gestaag baan voor de bakstenen gedrochten die de smakelozen met de goedkeuring van de bank in dat Vlaamse landschap hebben neergepoot. Die lieflijke heuveltjes moeten meer en meer het gezelschap dulden van fabrieken en kantoordozen. Voorlopig houdt de kunstmatige constructie van de Ronde van Vlaanderen stand, op een televisiescherm oogt het nog altijd fraai als het decorum waarin pastoorsmeiden zouden kunnen figureren, met een beetje fantasie fietst de renner in de sporen van tractoren, in de voren die de knol van boer Paemel door de velden trok. Hier en daar blijft dat beeld inderdaad gehandhaafd, de parochiale ronde, afgewisseld met waarachtiger zichten op de dorpskommen vol indrukwekkende lintbebouwing, en men zou zich kunnen afvragen waarom men die moeite doet de heimwee naar dat oude Vlaanderen gestalte te geven. Omdat de leugen schoner is.

Een representatieve Ronde van Vlaanderen zou ons door uniforme winkelstraten leiden, over steenwegen met vette villa's uit de tijd dat onze architecten nog studeerden op de ontwerpen voor een vierkant, langs goddelijk aangelegde ronde punten, over finaal verkeerd gebouwde bruggen over snelwegen die nooit zijn klaar geraakt en straten die stikken in hun eigen beton. Zoiets. Maar dan lelijker. En de lelijkheid rukt steeds verder op. Er zal in de nabije toekomst moeten worden geknokt wil men het unieke karakter van deze wedstrijd bewaren, en het zal een daad van koppig andersglobalisme zijn indien men daarin slaagt. De Ronde is begonnen aan een rit tegen de tijd. Laat het maar hard gaan regenen. Laat de lelijkheid worden kapotgeregend en worden weggespoeld in de greppel waarin de demarrerende renner een kortstondige bevrijding van de kasseien zoekt.

De bloemenmeisjes die de kampioenen zoenen, likken na de inhuldiging de modder van hun lippen. Zo zou het moeten zijn. Zo stempelen zij met hun monden een certificaat van echtheid op de wang van de triomfant. Al de rest is judaskus.

Vijfenveertig meter sensualiteit

Van de Ardense rotsen heb ik het voelen geleerd. Traag met mijn handen het gesteente aftastend, op zoek naar een greep, een spleet, een kleine snee die mij houvast moest bieden. Voelen werd het tegendeel van vallen, zolang ik dat voelen tenminste naar behoren deed. De rotsen hebben van mij een sensueler mens gemaakt, omdat ze mijn volgende stap in brailletekens op hun gladde wanden hebben neergeschreven. Rotsklimmers, heb ik altijd stilletjes gedacht, gehoopt, hebben alles om een uitstekend minnaar te zijn.

2002 was officieel het Jaar van de Berg, al lag geen enkele berg daar wakker van. Naar aanleiding van dat jaar is er een lawine aan bergboeken op de markt geploft. In 2003 is het dan weer vijftig jaar geleden dat Edmund Hillary en alcoholicus Tenzing op de top van de Mount Everest een vlagje plantten als betrof de berg een stukje kaas, en ook dat moet worden herdacht met publicaties bij de vleet. Over de bergsport is al een indrukwekkende bibliotheek vol geschreven, niet in het minst door lieden die uitstekend kunnen klimmen maar die geen degelijke zin op papier krijgen. Persoonlijk ken ik heel wat auteurs die ooit de roem dachten te zullen vinden in de wielersport en van wielrennen wordt dan ook regelmatig beweerd dat het van alle sporten de meest literaire is. De kans is echter zeer groot dat er geen enkele sport bestaat die zoveel pennen deed vloeien als de klimmerij. Er bestaat zelfs een literatuurprijs voor bergsportboeken, de Boardman Tasker Award, en als ik eerlijk ben durf ik er weleens stilletjes naar te verlangen ooit nog met een bescheiden epos deze oscar voor de klimliteratuur op zak te steken. Te kloppen man is Jon Krakauer, zijn naam is ongeveer synoniem gaan staan voor bergsportliteratuur. Al doet een Joe Simpson het met zijn sensationele gruwelverhalen ook niet slecht aan de kassa. In de Nederlandse letterkunde heet Bart Vos de beste klimmer-schrijver te zijn en dat is een predikaat dat werkelijk nergens op slaat. Het dekt zoveel lading als wanneer er op de flap van mijn debuut had gestaan dat het werd geschreven door de beste pizzakoerier-schrijver in de Nederlandse letterkunde. Wat zeg ik, de beste pizzakoerier-schrijver uit de hele wereldliteratuur, en het is jammer dat ik ondertussen geen pizza's meer aan huis lever, want wat moet mijn uitgever nu gaan zetten op mijn achterflappen? Maar afgaande op wat dat genre klimboeken te bieden heeft, heb ik het recht niet nog maar aan een openingsregel voor mijn bergepos te denken. Ik heb namelijk nog nooit een kadaver op een gletsjer achtergelaten, zag mijn touwgenoot niet te pletter storten, en hoefde vooralsnog niet, afgesneden van de wereld en met blauwe tenen, op een dieet van dode klimvriend, op een reddingshelikopter te wachten. Het gros van deze klimboeken ontleent zijn reden van bestaan aan de triestige afloop, al is een happy end zelden thuis in eender welk genre literatuur. Maar dat maakt wel dat de leek de bergsporter voor een suïcidaal houdt, omdat de auteurs in kwestie zelden een manuscript afleveren dat niet samen met een lijkzak op de luchtpost kan. Misschien moet dát mijn motief zijn om zelfs al aan een slotzin voor dat bergepos te denken: het benadrukken van het aangename aan deze sport, het zintuiglijke karakter ervan, het ontspannende, het gezellige. Tini op de rotsen. Maar als ik het zou aandurven om dat bergepos neer te pennen, dan zou de kritiek zeker luiden dat ik een beter schrijver dan een klimmer ben, waarmee niet eens zou zijn gezegd dat ik mijn naam kan spellen. Voor de kenners: de hoogste moeilijkheidsgraad die ik tot op heden afdwong was een 7a, op een klimmuur in een veel te warme sporthal. Voor de leek: dat betekent dat ik de muren van uw herenhuis opklauter als de voegen tussen uw stenen door een sukkelaar zijn dichtgemetseld. Ik maak daar weinig indruk mee, vooral omdat ik er sinds mijn veertiende reeds van bezeten ben de zwaartekracht te tarten en nog altijd wekelijks met mijn vrienden in de touwen hang. Ik ken jongens die luttele maanden na een korte kennismaking met dit tijdverdrijf ondersteboven hingen, aan twee vingers, soms onvoldoende of zelfs helemaal niet beveiligd, om dan met het gemak van een gekko hun kop in de wolken te steken. Talent dat ik niet heb, ik niet wil hebben. Mijn vrouw is toevallig ook mijn geliefde, mijn dagelijks broodje, ik zou daar nog een poos van willen genieten, dat is één. Niet iedereen wil dood. En ten tweede heb ik er als onbezonnen adolescent na een wel bijzonder vrije val van negen meter in het operatiekwartier rustig over kunnen nadenken dat je veilig moet klimmen als je ooit nog die bergsportliteratuurprijs wilt winnen. Negen meter, ik heb het bewezen, wordt trouwens afgelegd in net iets minder dan één seconde. Wat genoeg is om nog even terug te blikken op alle mooie momenten die je hebt beleefd. Ruimschoots.

Voor wie had gedacht dat ik me na mijn smak, en na het wondere overleven ervan, zou toeleggen op iets anders, bijvoorbeeld de honderd meter rolstoel, kan ik alleen maar hopen dat hij niet te veel geld op zijn pronostiek had ingezet: ik bleef lid van de Vlaamse Bergsportfederatie, en ben dat nog steeds.

Vlaamse Bergsportfederatie, dat klinkt al even onwezenlijk als de Egyptische Langlaufbond, maar je kan niet om de eigenaardige vaststelling heen dat zowel in vlak Vlaanderen als in plat Nederland het alpinisme waanzinnig populair is. Met Muriel Sarkany beschikt België zowaar over de beste klimster aller tijden (ze klimt 9a, wat zoveel is als een plafond plamuren zonder op een stelling te staan, er zijn slechts veertien mensen in de wereld die haar dat nadoen). Het kind won vier keer de wereldbeker hagedis en kreeg trofee voor Sportvrouw van het Jaar noch lintje van koning Albert.

In Nederland woelden de mollen zowaar nog kleinere hopen, maar de plaatselijke alpinisten wisten zich daar met het nodige 'madurodamisme' te redden door te Zoetermeer de laatste vijfendertig meter van de Matterhorn na te bouwen. De bewoners van de Lage Landen zijn wild van de bergsport en met Ronald Naar mag ook Holland er prat op gaan zelfs een van de allerbeste moderne berggeiten ter wereld te hebben voortgebracht. En zij hebben het onnozelste Everest-schandaal op hun naam sinds een peperdure expeditie op een meter, 1 meter dus, onder de top bleef steken en zij toch beweerden helemaal tot boven te zijn geweest. Niet op het dak, maar op de zolder van de wereld. Hollandse alpinisten die wat onderwerpen betreft zijn uitgeput blijven daarover kissebissen. Maar het heeft de berggekte boven de Moerdijk geen knauw gegeven: op zonnige zondagen worden de rotsen aan de oevers van de Belgische Maas met Nederlanders behangen. 'Voorjaarsvrijage in België', noemen ze het, want zo'n Belgische rots telt voor iemand die onder het zeeniveau woont en haast nooit een waterpasser nodig heeft uiteraard niet als volwaardig, het geldt als opwarmertje voor een steviger beklimming, voor een najaarsvrijage in de Himalaya. Maar dat weerhield hen er niet van een berghut, ja een berghut, op te trekken aan de oevers van de Ourthe. Een Nederlandse berghut aan de voet van een Belgische rots heet een 'tukhut', je hebt de neiging daar net iets te hard om te gaan lachen.

Tukhut... Kom daar mee aankloppen bij de redactie van Van Dale!

De Benelux is een Ardens dorp waar de rotsen geëquipeerd werden door een Vlaams team en de camping door een Hollander wordt uitgebaat, en waar men na de geleverde prestaties een Waals streekbier drinkt. De Europese eenmaking is begonnen op een wand.

Bij die Vlaamse Bergsportfederatie sta ik geregistreerd als lid nummer 20583, ik vraag me af of er hier zelfs zoveel mensen in clubverband een fietsframe tussen hun benen hebben. En daarmee zit ik in mijn portefeuille met een lidkaart te pronken van een federatie die zich heeft geassocieerd met het Verband Alpiner Vereine Österreichs, zodat het lijkt alsof ik regelmatig irgendwo in Tirol jodelend naar een bergtop-met-kruisbeeld wandel. Wat, ik zeg dit met klem, echt niet waar is.

Hoe het zover is kunnen komen dat ik mijn vader niet opvolgde als een voortreffelijk tapbiljarter, of niet in de sporen van een voorouder trad als wipschieter, maar zo nodig een sport moest beoefenen waarvoor ik mij telkens vele kilometers verplaatsen moest, is een geheim van de natuur. Psychologen, belast met de taak de menselijke natuur haar koppigste geheimen te ontfutselen en immer op zoek naar een vermakelijk thema voor een doctoraat, zijn tot de conclusie gekomen dat klimmers een door en door rotte binding met hun moeder hebben. Helaas ontbreken mij de bewijzen om dit te weerleggen maar ik houd het toch maar liever hierop dat de vonk op mij tijdens de sneeuwklassen in Maloja moet zijn overgesprongen. Het waren de eerste bergen die ik zag en ze toonden zich meteen in hun bergachtigheid: een bepaalde leerling had zich sneller het skiën dan de remtechnieken eigen gemaakt waardoor we tien dagen later terug op het treinperron van Aalst stonden met een doodskist, en wij nog een week later onze eerste begrafenis meemaakten; onze ogen, vanuit de vleeswitte skibril die de zon op onze kop had gestempeld, de kost gevend. Toch herinner ik mij van Maloja vooral dit: dat ik er thee met melk leerde drinken en dat ik een berg het schoonste vond wat ik tot dan toe had gezien, op een gedeelde eerste plaats met mijn nichtje Gina. Skiën daarentegen zei me niet zoveel en ik heb het nadien maar één keer meer gedaan, in de Yorkshire Dales, putje zomer, op iets wat op sneeuw geleek maar waarmee ik mij tweedagelijks scheer, en met pijnlijke schaafwonden aan het eind van de roetsj.

Nu, een beetje rottigheid met mijn moeder is toch aan de neus van een jeugdrechter gekomen, zodat ik op mijn veertiende in een pleeggezin werd geplaatst. Ik woonde er boven een keldertje wijnen, kreeg naar mijn zin al eens een ganzenlever te veel op mijn bord, en bracht met hen mijn vakanties door in de bergen. Met mij is het nooit meer helemaal goed gekomen.

Het eerste wat ik vingerde was een berg. Met die zin zou ik dat epos overigens willen, maar niet durven beginnen, bang dat de lezer dit voor een studentikoze dubbelzinnigheid zou nemen. Maar ik bedoel het wel degelijk zo: dat vingeren en betasten van het gesteente, het met mijn hele lijf ertegenaan liggen om in evenwicht te blijven is nog altijd mijn lang leven, en het zou mij verdrieten indien dit schoons met mijn moeder te maken had. Een mensje, een berg. En het mensje dat die berg bevingert, van voet tot top, een centimeter per keer. Zo was het, in de Pyreneeën, nadat ik de geijkte paden had verlaten, wat een puber hoort te doen, en ik me handtastelijk een weg baande naar boven, naar de grootst mogelijke afstand tussen mezelf en de dichtstbijzijnde mens. De naam van die berg kan ik niet meer achterhalen, dat het onverantwoord was hem te beklimmen herinner ik me wel. Een zomer later reed ik de Franse grens over met een klimgordel, de kennis van een paar essentiële knopen, en technieken die ik inmiddels van ervaren klimmers in de Ardennen had aangeleerd. Wat ik had opgelopen bleek viraal, en het zou nooit meer overgaan.

Ik heb nu de leeftijd waarop ik vaker rochelend wakker word, overweeg definitief met roken te stoppen en daar dagelijks mijn naasten mee lastig val, en waarop ik kan zeggen dat ik al meer dan de helft van mijn leven ben bezeten van de klimsport. Maar aan bergen, Bergen, heb ik me amper vergrepen. Het gaat niet goed met de bergen.

Neem nu de Mount Everest... Het is en blijft voor velen een streefdoel het grootste uitsteeksel van de wereld op hun palmares te zetten. Wat onbegrijpelijk is: het is een lelijke berg, om te beginnen. De Schepper zat in zijn Arte Povera-periode toen hij de Moeder (de moeder?) van alle bergen op de globe zette. Bovendien is het poepsimpel om tot boven te raken. Wie daar ooit ijspegels piste zal waarschijnlijk steigeren van deze woorden, maar het blijft moeilijk volhouden dat het beklimmen van de Mount Everest niet een fluitje van een cent is. Het stapeltje boeken dat sinds vijftig jaar over de Everest is geschreven beklimmen, solo en zonder zuurstofmasker, dát is pas een uitdaging. In Kathmandu opereren gidsen die u garanderen dat u tegen betaling van een paar honderdduizenden dollars de top zal halen, ook al was een trapladdertje uw puikste beklimming ooit. De meerderheid van de klanten haalt wel degelijk de top, en de meerderheid van de klanten die de top haalden raakt wel degelijk weer levend beneden. Voor dit najaar plant een Nieuw-Zeelander een aanval op de 8848 meter. Als hij boven raakt zal hij de eerste mens met twee geamputeerde benen zijn (dus eigenlijk zonder) die de Everest bedwong. Is dat dan nog moeilijk te noemen, als je 'r de Olympische Spelen voor Gehandicapten kan organiseren op de zuidflank? De Nieuw-Zeelander (dezelfde nationaliteit als Edmund Hillary) past perfect in de reeks idioten die zich langs de zuidoostgraat onsterfelijk wil maken. Je had de eerste mens op de Everest, daarna de eerste vrouw. Dan de eerste neger, gevolgd door de eerste dit en de eerste dat, zoals Hollanders en Belgen. Nu is het tijd voor de eerste gehandicapten. Het is de verdienste van deze berg dat hij de mens zijn fascistoïde idee van hiërarchie uitmuntend weergeeft. Ik ben gelukkig niet de ambitie te hebben de eerste Dimitri Verhulst te willen zijn die daar zijn vlagje in de sneeuw stampt. Mocht u daarentegen nu gezellig met z'n tweetjes zijn en de wens koesteren om het eerste koppel in de geschiedenis te worden dat op de Mount Everest heeft geneukt, dan moet ik u ontgoochelen; ook dat is al gebeurd en beschreven. Als ik mij niet vergis was het zonder zuurstofmasker.

Waarom de gletsjers daar zijn veranderd in een vuilbak en een kerkhof, als die berg dan toch zo poepsimpel is? Omdat hij poepsimpel is! In combinatie met een sneeuwstorm is poepsimpelheid bijzonder dodelijk.

Waarom mag iedereen die op de top van de Mount Everest heeft gestaan daar zomaar een boekje over publiceren? Leg je soms een proeve van schrijfkunst af als je boven raakt? En wie kijkt er eigenlijk nog uit naar het relaas van de vijfhonderdste beklimming die een kopij is van de achtentachtigste beklimming die uiteraard ook te boek staat?

Het personage Qvigstad in *Nooit meer slapen* van W.F. Hermans: 'De krantenlezer krijgt over dit soort expedities alleen te horen als het naar de Mount Everest is. De mensen hebben geen idee hoeveel onderzoekers terzelfdertijd op pad zijn, zonder dat het in de krant komt, anoniem, in minder spectaculaire streken en soms veel gevaarlijker.' Qvigstad liep dan ook door Lapland, op zoek naar een heel klein steentje.

Wellicht ben ik een verwerpelijke bergsporter, het zal dat zijn. Mijn bedevaart naar de Himalaya heb ik nog steeds niet ondernomen. Te duur. En te gevaarlijk; de rebellen met hun Belgische machinegeweren eerder dan de bergen. Een berg, een Berg, die me wel kan bekoren is de Kilimanjaro. Kili voor de vrienden. Het is de hoogste eenzame berg ter wereld, uren in de geburen is er geen knobbel te bespeuren. Waardoor hij een echtere berg is, zoals kinderen hem tekenen, met een mutsje van sneeuw erop. Ik heb er wa, wa, wa, waanzinnig van gedroomd de zonsopgang in Afrika vanaf de Kilimanjaro te mogen aanschouwen en het heeft niet veel gescheeld of ik zou het daadwerkelijk hebben meegemaakt. Tot ik de voorbereidingen voor de beklimming trof. Blijkt dat die berg is volgeboekt!!! Ook al tel je minstens US$ 450 neer om aan de trek te mogen beginnen, toch sta je voortdurend in de file als je de Marangu-route neemt. Zeven dagen langs een pad dat is ondergescheten door ettelijke toeristen met een voor grotere hoogten (en bij gebrek aan vier tabletten Lomotil) vrij normale diarree. Voor de top, volg de drollen. Ook de Kili heet poepsimpel te zijn, hij is wat alpinisten nogal neerbuigend noemen 'een wandelberg'. Ze slepen er dan ook jaarlijks gemiddeld zeven skeletten naar beneden.

Er zijn te veel mensen en te weinig bergen. En tegenwoordig kruip je een berg op om eens onder het volk te zijn. Op de Mont Blanc kun je tuinfeestjes geven. Dat heeft nog weinig te maken met het ventje dat naar de grootst mogelijke afstand tussen hemzelf en de dichtstbijzijnde soortgenoot klom. Ik doe dan ook niet langer graag aan bergsport. Maar aan bergjessport, als dat even zou mogen bestaan.

De bergsport, laat u vooral niets wijsmaken, ís zeer gevaarlijk. Wie zichzelf daarvan wil vergewissen moet gewoon ’ns een nacht in een berghut doorbrengen. Een tukhut is ook goed. Hopelijk kan hij slapen. Hopelijk verdraagt hij het lawaai van een horde straalbezopen sportievelingen die, nu eens in Tiroler kniebroek, dan weer poedelnaakt, hun schnaps richting ravijn uitkotsen. De echo van de braakgeluiden krijgt hij er vijf minuten lang bovenop. Ik heb ooit eens in verkeerd gezelschap in de witte woestenij van Zakopane de lof der wodka bezongen; het spul was dermate goed dat ik mijn langzame bevriezing niet eens in het snotje had. En zweten dat ik deed! Geloof me, bergsporters houden er een liederlijk leven op na. K2 is behalve de kille naam voor ’s werelds tweedegrootste steenpuist ook een sigarettenmerk, wat geforceerd toeval is. Er wordt wat afgepaft in deze rangen. Uit angst voor het dodelijke longoedeem dat kettingrokers op grote hoogten makkelijk oplopen verlaten de klimmers met vervelende ontwenningsverschijnselen en afkickhumeurtjes het basiskamp. In Chamonix, het Europese mekka van de verticalist, hebben de avonturiers voldoende op hun bankrekening staan om zich te laten repatriëren indien ze lazarus op een wand zouden vastzitten, dat scheelt.

Bij Herman de Coninck las ik dat dichter Pierre Kemp ooit heeft gezegd dat hij vooral van kleine vrouwen houdt omdat bij hen alles zo dicht bij elkaar ligt. Ik zou dat als motto kunnen gebruiken in mijn pleidooi voor bergjessport. Liefhebbers van zulke hottentotjes zakken af naar het Franse Fontainebleau, een woud waar manshoge zwerfkeien als meteoren lijken neergeploft. Het gaat hem daar om twee, hooguit drie pasjes die moeten overwonnen worden. Dat is geen klimmen, dat heet boulderen, een woord waar de spellingchecker van mijn computer moeilijk over doet. Boulderen is best eens prettig als tussendoortje, maar wat mijzelf betreft heb ik de vrouwen liever een tikkeltje groter, zodat ik iets langer met mijn handen op de tast kan. Zo’n meter of vijfenveertig. En ze mogen gerust makkelijker zijn dan ze laten uitschijnen, want dat soort mannelijk masochisme ligt gelukkig achter mij. Waar de Maas mooier la Meuse is, en waar de Ourthe zich vertakt, heb je een aantal klimmassieven die mij tientallen meters tastzin kunnen bieden. Sommige daarvan hebben hun idylle aan de grote massa al verpatst, en bieden misantroop noch solipsist een stek. Van de andere lokaties werd het een sport hun plaatsbepaling aan niemands neus te hangen. Je kan het geen dorp noemen maar er is een kerk. Er zijn nog een paar everzwijnen en ze hangen in het dichtstbijzijnde café omhoog als jachttrofee. Daar dus. Daar dus ergens. Daar dus ergens ongeveer. Daar klim ik het liefst. Het kunnen de Ardennen, het kan de Condroz zijn. Maar België is het. Spectaculaire klimboeken worden daar niet over geschreven. Je hoort er het zachtjes kletteren van de musketons tegen de rotsen, het vieren van het touw in de handen van iemand die jou zekert, en die je vertrouwt. Je voelt er niet alleen het verschil tussen leisteen en arduin, je ruikt het ook.

'Hebt gij ooit gehoord, dat iemand zijn hockeystick of tennisracket besnuffelde en dat die geur hem gelukkig maakte?' (uit het ledenblaadje van de Nederlandse alpinisten, 1937).

Als ik thuis mijn klimzak openmaak, ruik ik de rotsen, Ardense schilfersteen. De geur zit helemaal in het klimtouw. Aan een hockeystick zul je mij nooit zien ruiken, ik ben immers geheel normaal of doe de laatste tijd toch heel hard mijn best.

Met boten en lelijke villa's hebben klimroutes gemeen dat ze een naam krijgen. Mijn allereerste officiële klimroute heette 'Linde', het eerste wat ik voorklom was 'Eikel'. Te Mozet was dat, een dorpje dat werd opgenomen in de lijst met de mooiste plaatsjes van Wallonië maar waar geen kroeg is naast de kerk, op een scholingsmassief waar er ondertussen al zovelen hun eerste passen omhoog zetten dat de rotsen er bruine zeep werden.

De eer van naamgever is altijd weggelegd voor haar of hem die de route geopend heeft. Klimmers zijn of oversekst, of hebben het moeilijk om uit te komen voor hun intelligentie, dat is het minste wat je kan afleiden uit de namen van vele klimroutes: 'De Scheet', 'Oktoberfest', 'Tirez à la tirette', 'Old Fuck', 'Symphonie d'urinoir', en zo kan ik u nog wel een paar avonden onderhouden. Te Beez, het dorp dat koning Albert I vredig onder zich zag liggen indien hij naar rechts keek toen hij zijn dood tegemoet viel, moet een volledig massief het met songtitels van Pink Floyd stellen. Je beklimt er 'The wall', en 'The dark side of the moon'. Wat rest zijn routes die hun naam ontlenen aan de fauna en flora van een indrukwekkender gebergte, of meisjes. 'La belle Hélène.' Zeker ben ik daar niet van, maar er is een grond van vermoeden en het zou passen in de logica van de berg dat u nog altijd als eerste homoseksueel op de top van de Mount Everest kunt staan.

Welke naam ik aan mijn route zou geven?

Toen ik nog heel erg ongelukkig was en daar ter compensatie een som geld uit wou kloppen, schreef ik een boek, dat in feite nauwelijks verkocht, en dat ik de titel *Niets, niemand en redelijk stil* meegaf. Eigenlijk had ik die titel al een hele poos in mijn hoofd, ik had hem bedacht als de benaming voor een klimroute die ik op een prachtige dag had willen ontsluiten. Maar gezien dat frequentere gerochel in de ochtend, en gezien het tanende geloof in mijn mogelijkheden als explorateur, gaf ik de naam maar aan een boek. Een stommiteit, een stuk berg benoemen is tenslotte toch een naam mogen schenken aan een zweem van eeuwigheid. Maar het had een mooie route geweest, dat geloof ik graag. Een met veel tastwerk. Helemaal iets naar de smaak van de bergjessporter. Die na de klim nog even met zijn touwkompanen de maten van de vallende avond neemt vanachter een trappist. Die, wanneer hij even later in de struiken pist, denkt: 'Dit is hoe de Maas met meer geduld dit landschap heeft gemaakt tot wat het is.' En als hij dan 's nachts in het prachtige design van het periglaciaal zijn tent dicht ritst, in feite een tikkeltje te moe is om nog een uitstekend minnaar te kunnen zijn.

Een tractor is een trekpaard in een rolstoel

Wie menig uur op de kunstacademie heeft gesleten, die zal dit niet tegenspreken: een paard is een van de moeilijkste dingen om te tekenen. Ook God ondervond het toen Hij het Belgische trekpaard schiep. Talloze anatomische schetsen gingen aan het ontwerp vooraf, Sint-Lucas was nog niet geboren en kon Hem dus geen technisch advies verlenen, en toen de Heer er na vier schetsboeken de brui aan gaf en zich neerlegde bij het resultaat, werd Hij willens nillens de wegbereider van de barok. Dit paard had alles wat een vrouw moest hebben: een goede en ruime stap, geschikt voor het zware werk, niet te opstandig, en een immens dik gat. De kont van een paard heet trouwens 'achterhand'.

Waar in hun geschiedenis hebben de oude Belgen de Heer misnoegd, dat Hij hen heeft opgescheept met een logge knol? En wat hebben de Hongaren meer dan de rest dat zij sierlijke arabieren de sporen geven? De Heer heeft het nadien bewezen: Hij had een oldenburger in Zijn pen, een orlodraver, een lippizaner, een lusitano, een karabaier, een kabardin en een berber. Prachtige paarden heeft Hij geschapen en hun namen waren navenant, maar de Belg schonk Hij de vleesversie van een plompe parochiekerk, een massief ros dat, voor het gezouten en in gefileerde toestand tussen twee sneden brood verscheen, diepe voren in de velden trok. Het was wachten tot de zon zodanig gezakt was en dat de gaffel in de mestvaalt een lange, slanke schaduw over het erf wierp, wanneer de boer zijn hoed in zijn vuile handen nam, het angelus bad, en dat het paard zijn ploeg heel even niet hoefde te trekken. Ora et labora. Pas omstreeks 1950 nam de Belg het chemielokaal van de Almachtige in beslag en bricoleerde hij zelf een paard in elkaar, een paardachtiger paard: een warmbloed. Hij legde zijn boerenknol te slapen bij een gelderlander, organiseerde orgieën in zijn stallingen met anglo-arabieren, Engelse volbloeden en de befaamde atletische selle français. Zijn hele stoeterij deed aan groepsseks met holsteiners en Nederlandse volbloeden. Met succes, de veulens die het gevolg zijn van deze sodomieterij zijn niet meer weg te denken van de internationale springwedstrijden. Als ze een overwinning wegkapen draven ze een ererondje met een kokarde op hun koolvossen vacht, als ze een poot breken worden ze met een kogel tussen hun glanzende ogen afgemaakt. De begrafenis vindt plaats in het frietkot, in de hoedanigheid van een lookworst.

Hendrik VIII heeft zijn vierde vrouw, Anna van Cleef, ooit nog een Vlaams trekpaard genoemd. Dat was vlak voor hun echtscheiding.

Wat de wereld tegenwoordig kent als het Belgische trekpaard, is in feite de combinatie van twee oerdegelijke knollen, de brabander en de ardenner, en als men de wijsneuzen uit de oudheid in de verte nog hoort beweren dat de Belgen bijzonder dapper waren, dan hadden ze het waarschijnlijk over onze paarden. Herodotus had niets dan lof over de taaiheid en het uithoudingsvermogen van de ardenner, Julius Caesar zette de brabander in zijn *De bello Gallico* neer als een gewillig en onvermoeibaar werkpaard. Maar in Rome zal u desondanks tevergeefs zoeken naar een piazza met het standbeeld van een heerser op zijn steigerend Brabants trekpaard, de hoeven graaiend naar de maan. Daar had de Romein wel eventjes zijn imago mee geschaad, zijn pr-dienst beval hem veiligheidshalve toch maar een heus oorlogspaard (*bellator equus*) met een oosterse bloedlijn aan. Er is mij ten andere ook geen enkele foto bekend van koning Albert I op de rug van een brabander (ook al was hij dan de oprichter van de Koninklijke Maatschappij van het Belgisch Trekpaard), en ook Leopold III zag de lijkkoets van zijn vrouw die zonovergoten septemberdag in 1935 liever door de hoofdstad getrokken worden door paarden die wat trekkracht betrof nog niet tot aan de hak van de brabander reikten. Al is het uiteraard wel zo dat het lijk van koningin Astrid geen tonnen woog, dat moet worden toegegeven. Op mij zou haar dood echter een veel tragischer indruk hebben gemaakt indien haar lijkbaar door een span brabanders getrokken werd, dat weet ik wel zeker. Van een hond kan ik mij soms voorstellen dat hij gelukkig is, en lacht. Bij paarden lukt mij dat moeilijker, en bij trekpaarden al helemaal niet. Zoals men elders klaagvrouwen kan inhuren om snerpend te janken boven de kist van een beminde, zo zou men een beroep moeten kunnen doen op brabanders om uitdrukking te geven aan gevoelens van een ton.

Denken aan een trekpaard is denken aan mist. En aan eenzaamheid. Als ik alle filmrolletjes van mijn herinneringen zou ontwikkelen (een werkje dat alsmaar wordt uitgesteld en waar men meestal op een dement moment de tijd voor neemt), dan zou ik heel wat afbeeldingen van trekpaarden tegenkomen. Ze staan in de onwerkelijke velden in en rond het grensdorpje Koewacht, waar ik het gemakkelijkste en minst interessante deel van mijn jeugd doorbracht, achter elektrisch geladen prikkeldraad dat enkelen van mijn vrienden tijdelijk ontmande toen ze ertegen plasten. Staarten hebben ze niet, die brabanders, maar een kodde, zoals mijn lerares uit het tweede leerjaar er één op haar hoofd had, wat haar overigens de bijnaam 'pinnenmuts' opbracht. De natuurlijke vliegenmepper van het trekpaard wordt afgesneden, 'gecoupeerd' zal men op de manege zeggen. Paardenliefhebbers bedenken schone woorden voor hun wreedheden: een hakkenei is een licht rijpaard dat kan tölten, ze laten de zwepen zingen op hengsten met ogen van cremello en perlino, en ze zullen jou vertellen dat de zwilwratten van een paard zich op een goeie halve meter van de verzenen bevinden. Wanneer een ruiter een hobble heeft uitgevoerd, zal geen leek vermoeden dat hij eigenlijk de voorbenen van zijn geliefde dier heeft vastgebonden zodat het daar alleen maar staan kan, en grazen. Maar al die grammatica gaat aan het trekpaard voorbij. Het beest staat daar. Te staan. Dikwijls alleen. Het is geen afgedwongen eenzaamheid, de knol is gewoon de lijfeigene van een boer die het land in zo veel mogelijk zakken patatten, kannen melk en eindjes bloedworst wil omzetten en die er domgaandeweg niet aan denkt dat het leven misschien ook voor een trekpaard beter te verdragen is met twee. Bewegen doet een brabander zelden op het veld, je krijgt de indruk dat hij met zijn poten de zwarigheid van de wereld opzuigt en op die wijze in zich opneemt. Zijn gewicht wordt uitgedrukt in denkensmoedeloosheid. Hij is de schoonste tractor van het land en staat daar, te dampen in de nevel, te druipen in de zeikende regen, met zijn kolossale billen in de richting van waar de wind de winter verkondigt. Andere paarden zie je weleens liggen, zich wentelend in hun stront, de benen spertelend in het rond. Een brabander niet. Hij staat, omdat luiheid een hoofdzonde is. Hij weet er alles van, hij was erbij toen zijn baas het angelus afsloot met een snok aan de keelriem en de woorden 'opdat wij weerdig worden der beloften van Christus'.

'Amen en ju.'

Het naturalisme is op aard gekomen in de vorm van een Belgisch trekpaard.

Ze stappen, ze stenen, ze stijven
de stringen: en 't ronde gareel,
het spant op hun spannende lijven:
de voerman beweegt ze aan een zeel.
(Guido Gezelle, in een gedicht dat net zo goed over negerslaven had kunnen gaan)

Als ik gedronken heb wil het mij wel eens lukken, maar door de band genomen kan ik niet hinniken. Mijn Zweeds bijvoorbeeld is stukken beter. Zo nu en dan bekruipt mij echter de lust om een aantal lessen te nemen zodat ik die werkpaarden kan troosten. Zeker, ze leven in je reinste slavernij. De deprimerende houding van iedere brabander slaat over op mij, ik kan naar geen trekpaard kijken zonder oud verdriet op te diepen. En daar zou ik met hen wel eens een hartig hinnikje over willen wisselen. Ze zouden zich bijvoorbeeld kunnen optrekken aan het feit dat ze geen pony zijn die op de kermis een ganse dag rondjes dient te lopen met onnozele, joelende, naar hun ouders wuivende kinderen in het zadel. Dat noem ik nog eens een rotbestaan. 'Trek je niet liever een ploeg dan dat je in de manege staat waar iedere woensdagnamiddag nog naar aardbeienshampoo ruikende pubermeisjes je manen komen kammen met een blik die ze eerst op beesten testen voor ze 'r jongens mee doen duizelen? Schenkt het niet meer voldoening mee te werken aan het dorsen van de tarwe dan aan het terugdringen van een hoop voetbalsupporters terwijl die jouw berijder met stenen bekogelen? Had je dan liever in Engeland op vossen gejaagd, een military gelopen voor de eer en de glorie van een hoop sadistische gokkers? Wees content, je mag af en toe een koets met Japanse toeristen door onze steden trekken, en tonnetjes bier in reclamespotjes.'

De wagen komt achter. De rossen,
gelaten in 't lastig geluid
der schokkende, bokkende bossen,
gaan, stil en gestadig, vooruit.

Sinds vele oplagen van *De paardenfluisteraar* over de toonbank gingen, houd ik mij niet meer in, ik liet alle schaamte varen en praat nu al luidop tegen de paarden. Niet dat ze zich daar veel van aantrekken, maar toch, je weet nooit of ze iets opsteken van mijn betoog. Toch maar beter waakzaam blijven; de man uit onze straat die ze in de psychiatrie hebben gestopt praatte ook hardop met de paarden. Toen de verplegers hem kwamen oppikken, was hij net in gesprek met zijn bromfiets. Ik wil maar zeggen: het begint met een paard en je weet nooit waar het eindigt.

Hoewel zij elkaar daar onderling nooit mee aanspreken, heeft vrijwel ieder paard een naam, dikwijls ontsproten aan de grootheidswaan van de eigenaar. Dat maakt het makkelijker om dat dier met soms militaire eer te begraven. Grafstenen voor een paard zijn vooral in Angelsaksische landen geen rariteit, op Stratfield Saye kan u knielen voor het graf van Copenhagen als u daar zin in heeft, de knol die de hertog van Wellington in Waterloo bereed. Toen Man O'War in 1947 ten grave werd gedragen (een renpaard dat slechts 1 keer de bookmakers ontgoochelde) waren er maar liefst duizend man op de begrafenis aanwezig. De kanarie die ik tweeëntwintig jaar geleden na een gebedswake en een katholieke eredienst tussen onze rabarber begroef moest met minder tevreden zijn, en ik vermoed dat je ondertussen naar het houten bordje *Hier rust Piet Verhulst* even lang moet zoeken als naar Piet zaliger zijn botjes.

Neen, paarden ontsnappen niet aan de nomenclatuur opdat hun stamboom kan worden bewaakt. Het stelt ons in staat om de stamvaders van de logge grazers in onze weiden te noemen. Trekpaard Orange De Eerste schonk zijn erfelijk materiaal aan de familie Gros de la Dendre, zijn zoon Brillant won in 1878 het Internationaal Kampioenschap in Parijs, zijn achterkleinzoon Rêve d'Or werd wereldkampioen in 1900 en ook zijn achterachterkleinzoon Avenir d'Herse liet zich op de internationale vleeskeuringen niet onbetuigd. Iedere beweging van die paarden staat wel ergens geboekstaafd, iedere verkoudheid of schenkelscheur werd boekhoudkundig bijgehouden, zodanig zelfs dat wie op zoek is naar een ambitie zich met een minimum aan research kan toeleggen op het neerpennen van de familiekroniek van een stal. Lekker weg leest het verhaal van de hengst Bayard Gris du Hainnaut en zijn geroemde libido; poëtisch is het relaas van de sterke, harde benen van Jean De Eerste, die ook niet op een merrie meer of minder keek en zich als stamvader van de beruchte familie Colosses de la Mechaïque mag beschouwen.

Vandaag heten Belgische trekpaarden Marva van de Boskant, Angela van de Mostheuvel, Juweel van de Klokbeek, Barones van Leugenberg, of Bruno van de Merodedreef. Indien ik een trekpaard was geweest, dan zou ik Kleine Windop van de Kerkveldweg hebben geheten.

Gebelgd onder de kerktoren is de Belg een volk dat zich eeuw na eeuw periodiek de hemel op aard' onthield. God hield de knop op de broek en zolang moeder de vrouw haar handen op haar rokken hield, speelde vader de vent met zijn duiven. Zijn beesten kweekten er maar op los, hoe meer hoe beter, maar het moet de rancune van de gefrustreerde zijn geweest die tot de duiven sprak: 'Gij moogt vogelen zoveel als ge wilt, maar niet met wie ge wilt.' En zie, zijn duiven vlogen, van heel ver weg in Mantauban linea recta naar het bakje lijnzaad in het duivenkot, en dat in geen tijd. En de klad duiven uit de eieren van zijn toppers vloog nog sneller. Hij selecteerde, Heer der duiven.

Fokkers van overal ter wereld hebben er zich wel eens over verbaasd dat het Brabants trekpaard nog altijd bestaat zoals het in de muisstille jaren moet hebben bestaan. Wat daar zo troosteloos uit zijn neusgaten staat te roken op onze berijpte velden is een rechtstreekse afstammeling van het primitieve woudpaard (*Equus sylvaticus*), een van de vier oerpaarden. Die verbazing is gegrond als je weet dat België, of wat nu België heet, altijd een oorlogsland is geweest. Het aantal paarden dat hier na de strijd op de slagvelden achterbleef is hallucinant. De Duitsers lieten hun kanonnen trekken door niet eens raszuivere hengsten, de vijfde cavaleriebrigade van de Britten verfde in 1914 aan de Belgische grens tienduizenden schimmels (waarvan er vierduizend per uur zouden sneuvelen) bruin ter camouflage. We zwijgen over de Fransen, de Spanjaarden, de Oostenrijkers. Ontelbaar zijn de paarden die in onze contreien na de oorlog verdwaald rondliepen. Maar geen boer die eraan dacht zijn stoeterij met wat gratis vers bloed op te frissen, hij maakte er nog liever biefstuk van, zoveel had hij van de duivenmelkers wel geleerd. De vrouwen die met de vijand hadden geslapen wachtte op zijn minst de tondeuse, en de paarden die zich aan de liefde met een vreemde hadden vergrepen stond een gelijkaardig lot voorgeschoteld. Lof zij de inteelt, zei de boer, en hij teelde voort.

Er zit een zekere logica in het feit dat onze band met het paard bijzonder oud en stevig is: lange tijd liepen de levensverwachtingen van paard en mens gelijk. Alexander de Grote werd even oud als zijn paard Bucephalus, de eerste stierf aan de koorts, de tweede op het slagveld. Een beginnend boer koopt met een beetje geluk een paard dat hij kan gebruiken tot aan zijn pensioen. Belgische trekpaarden die van de sigaretten kunnen blijven halen makkelijk vijfentwintig jaar. Haalden makkelijk vijfentwintig jaar. Tot pakweg 1990 kochten boeren nog een baal heerlijk stro voor het beest zijn zilveren jubilee, anno 2003 wordt het trekpaard hooguit zes. Kapot gekweekt. Het ros sukkelt met zijn achterbenen, en hoeft maar drie keer zo weinig karren meer te trekken voor hij metamorfoseert tot paardenworst. Net nu hij wereldwijd faam verwierf. Om het seksuele leven van de Belgen mag dan overal gelachen worden, onze trekpaarden worden fors betaald voor hun amoureuze dienstverleningen. Dat is altijd zo geweest. Anno 1929 bedroeg het gemiddelde dagloon van een arbeider 25 frank, een trekpaard daarentegen incasseerde een dekprijs van 10 000 frank per wip. Vogala et labora. De potten paardensperma die vanuit Antwerpen naar de Verenigde Staten zijn verscheept, daar kan je het behangpapier voor gans het kasteel van Versailles mee pappen. Anna van Cleef was helemaal geen trekpaard, ze raakte maar niet zwanger van een troonopvolger.

Het mekka van elke paardenfreak is het Kentucky Horse Park nabij Lexington. Dé attractie aldaar zijn de uit die potten paardensperma opgewekte Brabantse trekpaarden die de bezoekers voor een janplezier spannen voor een ritje rond het 405 hectaren grote terrein. U weet dus waar u in de toekomst heen moet om de uitstervende nazaten van Orange De Eerste aan het werk te zien.

Ze zwoegen, ze stenen en stijven de stringen. Ze zwoegen, ze zweten, en blinken doet 't blonde gelijm van hun haar. Maar zweet werd een atavistische trek, een fysieke herinnering aan een tijd dat dit paard werkdagen van tien uren draaide en waarop hij vrachten van vijfduizend kilo trok. Het zijn druppels van vroeger, van toen hij nog het witlof uithaalde, de bomen rooide, langs de jaagpaden de boten op sleeptouw nam. In de jaren van zijn zwanenzang verdient de brabander zijn haver noodgedwongen als onnozelaar. Een museumknol, een stuk volkskundig erfgoed op poten. Brouwerij Palm ziet een goede mascotte in het dier en laat het voor het oog van de camera karren bier trekken. Blijkbaar is dat met de komst van de tractor en de exploitatie van de nostalgie de ultieme bestemming van vele werkpaarden; in Denemarken plaatst Brouwerij Carlsberg opnieuw een span forse jutlanders voor de brouwerswagen. (Een jutlander lijkt trouwens sterk op een brabander, beide hebben haar op hun benen dat doet denken aan de pomponnen waarmee aerobicdanseressen hun kniebollen accentueren). Wanneer die knollen voor hun nummertje van stal worden gehaald, worden ze getooid met kleurrijke linten en pluimen, wat ongeveer een identieke uitstraling heeft als een Braziliaanse sambadanseres van zevenhonderd kilo en oneffen op het carnaval van Rio. De tentoonstellingen en schoonheidswedstrijden roepen dan weer beelden bij me op van een catwalk veel te dikke vrouwen die lingerie showen. Het achterhand van zo'n model heet trouwens 'een paardengat'. Maar zij hebben er tenminste zelf voor gekozen om met twintig centimeter glimlach op hun gezicht hun hoge hakken met tweehonderd vijftig kilo te belasten; de brabander daarentegen heeft slaafs in te gaan op de rukken aan zijn keelriem en paradeert met de zwaarmoedigheid die je alleen van een eeuwenoud verleden kan hebben geleerd. Het is dat verleden dat hij nu nog trekt als ooit vijfentwintig jaar onverdroten voren in het veld, rimpels in het voorhoofd van de wereld. Hij kent de kalender van het land, de gesel van de seizoenen, hij droeg de zwaarste garelen op zijn schoft. Laat hem toch uitsterven, hij is moe van ons.

Alle coureurs heten Eddy

Vraagje. Bent u ook zo iemand die in de wagen een ruit naar beneden draait en 'Allez, Eddy' roept naar iedere wielertoerist die zich puffend en met de wind pal op de neus meter per meter naar voren ploetert?

Nieuwerkerken, het dorp waar ik werd miskweekt, kan zich erop beroemen nog kermiskoersen te hebben georganiseerd waarin Eddy Merckx als eerste over de streep bolde. De eerste keer was dat de zeventiende september 1963, en op 22 september 1964 deed hij zijn bravourestukje van een jaar eerder nog eens na. Alleen is er geen kat in Nieuwerkerken die dat nog weet. Na zo'n kermiskoers volgde immers nog een heuse bakschieting, een kaatswedstrijd, een belotavond van twintig frank inleg de man. (Belotten, want het mensdom dreigt dit kaartspel te vergeten, kan men nog het beste vergelijken met wiezen, maar de kaartspelers zijn in deze variant ouder, en hun sigaren langer.) Tevens diende er nog een beenhesp te worden verloot, kon je in café De Restert gerrebollen voor een gebraden kieken of een lint paardentrippen. (Gerrebollen, want de mensheid dreigt deze volkssport te vergeten, kan men zich het best als volgt voorstellen: u rolt een bol kaas, waarvan de rechterhelft zwaarder weegt dan de linkerhelft, naar een spleet in de muur. Een spleet die uiteraard niet veel groter is dan die bol kaas. Winnaar is hij of zij die het grootst aantal kazen door de spleet krijgt. Mijn grootmoeder was een krak in deze helaas niet al te olympische discipline. Waardoor ik mijn hele jeugd lang de ene paardentrip na de andere moest eten.) Wie een beetje van deze wereld is, begrijpt dat Nieuwerkerken dermate in de wind was op zo'n kermisavond dat niemand zich daags nadien nog herinnerde wie die koers gewonnen had. Tenzij de dochter van 't frietkot misschien, die ze gebombardeerd hadden tot bloemenmeisje en die zich voor deze gelegenheid een tandenborstel had aangeschaft. Maar er is nog een andere reden. In die dagen was Merckx nog een snotaap, hij moest zijn eerste scheermesje nog zien, reed bij de liefhebbers. Je moest de koers al behoorlijk op de voet volgen wou de naam Merckx je toen iets zeggen. Ook al reed Eddy, de latere Kannibaal, in '64 in zijn fonkelnieuwe regenboogtrui over de streep die Polle Windop schots en scheef voor de deur van zijn stamcafé getrokken had. Laat ons eerlijk wezen, wie kan hier zomaar een paar jongens die bij de liefhebbers rijden bij naam noemen?

Ach, waarom zouden wielerliefhebbers niet zingend naar huis mogen zwalpen na de wedstrijd. Tenslotte liet Eddy Merckx zich in zijn begindagen sponsoren door Bieren Van Bever. Da's veel sympathieker dan pakweg C&A, het merk waarvoor hij zijn laatste zadelpijnen heeft geleden.

Het moet gezegd: de Ronde van Nieuwerkerken was een koers die Eddy Merckx op het lijf geschreven stond. Hij is er alleen maar aan de start gekomen om te winnen. In dat opzicht heeft Nieuwerkerken iets met de Vuelta gemeen. Toch is de naam Eddy Merckx niet aan ons dorp blijven plakken. Wij waren voor Lucien Van Impe, de krullenbol uit het naburige Mere, die uiteindelijk in de putten en bulten van onze straten op training een platte tube reed en op een dag waar weinig dreiging van uitging met een gele trui uit Frankrijk is weergekeerd. Lucien was een jongen van bij ons, het is grotendeels zijn schuld dat ik wielrenner wou worden, en het heeft er niet naar uitgezien dat ik in mijn leven nog veel woorden zou vuilmaken aan Eddy Merckx (die in Kemzeke op een sukkeldraf zijn laatste wedstrijd reed toen ik net sommen tot twintig kon maken zonder mijn vingers te gebruiken). Tot ik als arbeider in dienst van de Stad Gent in het museum voor volkskunde (Het Huis van Alijn) terechtkwam.

Mijn twaalfde stiel was het allang niet meer. Ik, als handlanger van de dienst voor monumentenzorg. Duivenstront van de torentransen krabbend, middeleeuwse grafstenen oppoetsend, of met een Titiaan onder mijn arm te voet van de restauratiedienst naar het stadhuis, dwars door de drukke winkelstraat. Een gevarieerde job, dat wel. Waarin je kon rekenen op veel collegialiteit zolang je over blote wijven en voetbal kon meepraten. Het ploegje waarin ik meedraaide, werd op een dag ingeschakeld in het Huis van Alijn, het museum van de dingen die voorbijgaan, om er te verven en te beitsen, om er vloeren te vernissen tot mijn kniebollen gezwollen stonden als na een veel te lange eucharistieviering. En het is daar dat ik Carlos Telleir leerde kennen. Men zegge en schrijve de strafste Eddy Merckx-freak ooit waargenomen. De gepensioneerde Carlos werkt als vrijwilliger in het museum, als suppoost. Hij verkoopt ticketjes en wijst het grut dat er op schoolreis is de kortste weg naar het toilet. Soigneert tevens de dames van 'den buro'. Regelmatig staat hij aan hun computer met koffie en gebak.

Ik weet niet hoe het komt, maar er is een moment geweest dat ik dacht dat hij deel uitmaakte van de vaste collectie van het museum. Misschien komt het doordat hij er altijd onberispelijk bijloopt. Kraaknet, de eerbiedwaardige grijze haren gekamd, de snorharen keurig bijgeknipt, in wat ooit een zondags pak was. Er hangt iets Brits over hem. Lord Carlos. Zijn ogen hebben dat natte van een kassei. En zijn borst is altijd volgespeld met medailles. Niet dat hij zich ooit verdienstelijk heeft gemaakt door de juiste soldaat het juiste been af te schieten, bij nader inzien blijken die medailles speldjes te zijn. Van Eddy Merckx! Carlos en die speldjes zijn onafscheidelijk, je kan hem moeilijk betrappen zonder, en ik geloof dat hij er zelfs mee in bad zou durven stappen. Tijdens een schafttijd heb ik hem toch eens over die beate bewondering voor Merckx aangesproken en er zat lang niet genoeg koffie in mijn thermos om het te redden tot het einde van zijn verhaal. Middag na middag na middag werd er over de koers gepraat en 's maandags was het nabespreking van de voorjaarsklassieker die dat weekend was gereden. Op den duur kregen wij er onze lol in hem op zijn paard te zetten door te beweren dat niet Merckx, maar Coppi, of Van Steenbergen de grootste was. Op een wat kinderachtige manier, ik geef het toe, je moest gewoon over Paris-Tours beginnen, de pijnlijke leemte in Merckx' palmares. Ondertussen werd er in het museum in stilte aan gedacht Carlos voor zijn tachtigste verjaardag een tentoonstelling over Merckx cadeau te geven. Hij is nu tachtig, en zijn tentoonstelling is er. En gelukkig dat hij is! Vier conservators van het museum heeft Carlos overleefd, allemaal heeft hij ze voorgesteld een tentoonstelling rond Merckx te doen maar meneer Telleir kreeg steeds hetzelfde antwoord op zijn teljoor: Merckx heeft niks met ons cultureel patrimonium van doen! Dat was de periode dat zo'n museumdirecteur zich nog beperkte tot het behoeden van een collectie bakvormen voor speculaas.

Beslissen dat die tentoonstelling er komt is één ding, ze inrichten is iets anders. Ze zijn dan maar eens gaan kijken bij Carlos thuis wat hij zoal voor materiaal liggen had. Genoeg voor een hele verhuiswagen. Carlos verzamelt al jaar en dag ieder hebbedingetje dat van ver of dichtbij met zijn wielerheld te maken heeft. Je kan het zo zot niet bedenken of het is ooit voorradig geweest met de kop van Eddy Merckx erop. Sigarenbandjes zowel als frietvet. En het is met onder andere die sigarenbandjes en dat frietvet dat Carlos zijn huis heeft volgestapeld. Het kot is te klein effenaf. Vooral omdat zijn vrouw een al even verwoed verzamelaar is, maar dan van paaseieren. Fondant, melkchocolade, witte, met of zonder strikje erom. En ook daar staan hun kasten mee vol. De combinatie lijkt me logisch, de paasperiode en Eddy Merckx: dat geeft samen de Ronde van Vlaanderen. Carlos en zijn vrouwtje zijn tot de eeuwige liefde voorbestemd, dat spreekt. Al zijn het tegenwoordig kwade dagen ten huize Telleir. Moeder de vrouwe staat in de schaduw met haar verzameling, door die tentoonstelling staat er om de haverklap wel iemand van de pers voor Carlos aan de deur. Hij is zelfs al op teevee geweest, op Ketnet, in koerstenue. Met een klak van een salami-merk op zijn kruin (Merckx reed immers zijn grootste successen in dienst van een saucijs: Molteni, een kakbruin truitje). Geen streekgazet of Carlos stond er onlangs in met zijn portret. Carlos wordt beroemd, veel té, de mensen op de tram zeggen nu al goedendag tegen hem, waar gaat dat eindigen. Waardoor hij de pers voortaan maar elders te woord moet staan, want zij ziet het niet meer zitten om in haar eigen kot al die persmuskieten te ontvangen en van verse koffie te voorzien. Maar haar neus optrekken voor zijn Merckx-psychose doet ze niet. Misschien is ze nog een groter supporter dan hij. Ze is nog op haar knieën voor de teevee gevallen, scanderend, 'Allez Eddy, allez', met zoveel decibels dat Eddy het daadwerkelijk moet hebben gehoord. Die legendarische solo in de Ronde van Vlaanderen van 1969 heeft hij alleen maar tot een goed einde gebracht omdat Carlos' vrouw voor de teevee haar keel kurkdroog heeft zitten schreeuwen. Bedankt, zeggen ze dan.

Het was op het ogenblik dat ze daar in Nieuwerkerken de polonaise dansten en ze de meisjes op veel te jonge leeftijd bezwangerden in de wc's van café Den Ambassadeur dat Carlos met zijn verzameling begonnen is. Hij wist beter in september 1964, hij had Merckx in Sallanches wereldkampioen zien worden en had toen profetisch op tafel geklopt: 'Dit manneke wordt nog een hele grote!' Geen haar heeft het gescheeld of velen waren toen prentjes van Willy Planckaert gaan verzamelen. Planckaert was in Sallanches triomferend over de meet gereden en mocht luttele minuten proeven van het gevoel wereldkampioen te zijn, de stakker had niet eens gemerkt dat Eddy Merckx uit het peloton was weggeglipt. Wij weten onderhand dat Carlos gelijk heeft gekregen, Merckx werd een hele grote, de grootste. Zo groot zelfs dat, toen de bazen van het geloof een concilie pleegden en na veel discussiëren meenden dat het volk vanaf de kansel in verstaanbare taal mocht worden toegesproken, de pastoor van Maria-Aalter zijn preekgestoelte beklom en zijn waarde parochianen inpalmde met de woorden die de koers ons gegeven heeft: 'Eddy Merckx is groot in de overwinning. Maar hij is ook groot in de nederlaag.' Ook God heeft nog voor Eddy Merckx gesupporterd. Is het omdat hij zich bij de aanvang van iedere wedstrijd een kruisteken op zijn bast sloeg of omdat hij met gemak de duivel op tien minuten reed, geen idee, maar paus Paulus VI zag er aardser, zag er gelukkig uit toen hij Eddy Merckx in 1970 een voos handje gaf. Mocht geven.

Er is een tijd geweest, en hij was somber, dat ik dacht dat je een verzameling aanlegde om een onderwerp voor je spreekbeurten op school te hebben. Om die reden heb ik me zelf nog weleens bezondigd aan het losweken van postzegels. Maar Carlos was bijgod een eind in de dertig toen hij met schaar en lijm zijn krant te lijf ging. Alles over Merckx werd uitgeknipt en netjes ingeplakt. Een titanenwerk, want over die renner verscheen zoveel dat je met blaren op je vingers de dag afsloot. Merckx reed al over de Champs Elysées toen bijlange na nog niet elke foto van de proloog gecatalogiseerd was. Merckx reed snel. Ook met de schaar was het moeilijk in zijn wiel te blijven zitten. Vóór Merckx hield Carlos zich zoet met prentjes van Rik Van Steenbergen en de portretten van filmsterren die je toentertijd nog aantrof in een reep chocolade. Onder andere van die andere bekende, en misschien zelfs bekendste Belg: Audrey Hepburn. Maar alleen de liefde voor Merckx heeft de bieters van de tijd doorstaan. Zijn laatste knipsel is tamelijk recent: Arno Hintjens die de koning van de koers bij de ballen pakt. Ieder jaar nog, de zevende juni, stuurt Carlos zijn idool een verjaardagskaartje. En Kerstmis wordt ook niet één keer overgeslagen.

Koersen heeft hij nooit zelf gedaan. Of wacht, ik zou liegen... Hij had zich op een dag een koersvélo gekocht, een Peugeot met een paar versnellingen en het gewei van een ram als stuur. En om het stalen ros op treffende wijze in te wijden stampte hij zijn fietskader over de molshopen die tragiek en heroïek tot bergen hebben gemaakt. De Wolvenberg, de Paterberg, de Kwaremont, de Berendries, de Koppenberg, de Kapelleberg, de Bosberg, de Muur (van Geraardsbergen, niet het Chinese restaurant), de Kemmelberg, de Kanarieberg, en al die andere befaamde staties van de calvarie. Om acht uur 's morgens was hij vertrokken, links en rechts een beetje verkeerd gereden, hier en daar wat op het tandvlees gezeten, en toen hij dertien uren later en drie kilogram lichter thuiskwam trof hij zijn vrouw boven een pot ijskoud eten in tranen aan. Ongerust dat hem iets overkomen was. Want bergen, zeker Vlaamse, zijn onberekenbaar. Die dag heeft Carlos zijn fiets aan de haak gehangen; hij kan geen vrouw zien huilen, vooral de zijne niet. Tegenwoordig springt hij zelfs niet meer in het zadel van zijn damesfiets om boodschappen te doen: te gevaarlijk met al die tramsporen, en de automobilisten vinden sneller hun claxon dan de rem.

In plaats van wielertoerist te worden is Carlos supporter en verzamelaar gebleven. Liever ging hij kijken naar de pistiers dan zijn vrouw nog eens op de rand van een zenuwcrisis thuis te laten. De gouden tijden, de dingen die voorbijgaan. Merckx die aan de zijde van Patrick Sercu de wielerpiste op z'n kop zette. Of Rik Van Steenbergen die wegens de weersomstandigheden niet op Zaventem kon landen en te laat aan de start van de zesdaagse zou verschijnen terwijl een nokvol stadion op hem zat te wachten. Van Steenbergen heeft dan maar in Luxemburg voet aan de grond gezet en is als de weerlicht naar Gent gereden, waar hij om drie uur 's nachts het ovaal betrad om zijn publiek een dienst te bewijzen. Dat, dat zijn de dingen die voorbijgaan, zulke coureurs ontwerpt Onze Heer niet meer. Ze verdienen te veel, zijn rap content, de koers is niet meer wat ze is geweest. Neem nu Milaan-San Remo. Ieder jaar een massasprint. Niemand maakt de wedstrijd nog hard. Moeten ze daar de Poggio voor beklimmen? Tegenwoordig worden de renners in een zetel naar de wedstrijd gereden, vroeger gingen ze met de fiets. Nu slapen ze in een vijfsterrenhotel en hebben ze elk hun persoonlijke apotheker... Er zijn nog wel een paar mooie renners, een Museeuw, een Vandenbroucke die zijn vak helaas niet ernstig neemt en zonder pillerij blijkbaar geen deuk meer in een pakje boter rijdt, maar de kerken lopen toch maar leeg. Er is geen pastoor meer die nog indruk maakt door pakweg een passage over Ludo Dierckxsens in zijn preek te lassen. Axel Merckx is vandaag de erfgenaam van Carlos zijn supporterschap. Al zal hij nooit een hele grote worden. Axel heeft te lange benen, daar rij je geen bult mee op. En zijn vader zal hij al helemaal niet worden, zoals niemand trouwens. Eddy had twee harten, recupereerde op een ik en een gij van een bovenmenselijke inspanning. En dat voor een roker. Smoorde R6, den Eddy, stiekem op zijn kamertje. R6 bestaat niet meer, Eddy wel: met sigaretten en hun rokers is het meestal omgekeerd.

De trots van Carlos' collectie is een trui waarin Merckx de Ronde van Catalonië reed. Zelfs het rugnummer hangt er nog aan, en uiteraard is dat het nummer 1. Het is de trui waarin hij met zijn smikken en zijn smakken op de grond is gevallen, dat verhoogt z'n waarde. Duizend lappen heeft hij er destijds voor neergeteld, maar hij had er het dubbele voor over. Niet dat het geld op Carlos zijn rug groeit, ver van. Een Eddy Merckx-fiets, om nu maar iets te noemen, staat zijn budget niet toe. Hij heeft een hoop kinderen grootgebracht en zijn mindervalide dochter woont nog steeds bij hem. Dat kost geld, ieder kind is een chique villa. Mét zwembad en een wipplank. Enfin, dat het even slikken was toen hem in de jaren zeventig 100000 frank werd aangeboden voor zijn verzameling. 'Niet doen,' had zijn vrouw gezegd. 'Als iemand jou honderdduizend aanbiedt dan is die verzameling voor jou er tweehonderdduizend waard.' In die dagen vonden zelfs de zwendelaars hun weg naar Merckx. Soms letterlijk. Claudine Acou, de vrouw van Merckx, kon geen vijf minuten een wielertruitje aan haar wasdraad laten hangen of er sprongen een paar idioten over de muur en ze gingen met de helft van haar wasmand aan de haal. Voor zover hij weet heeft Carlos geen gestolen dingen in zijn bezit, en hij zou ze ook niet hebben gekocht als hij wist dat ze op malafide wijze in het verzamelcircuit waren gesukkeld. Carlos heeft het beste voor met Merckx, en het laatste waar hij aan denkt is profijt uit hem te slaan.

Er zijn een paar stukken uit zijn collectie waar de museumdirectie geen weet van mag hebben. Opdat niemand ze zou ontdekken loopt Carlos ermee op zijn lijf, de binnenzak van zijn kostuumvest zit propvol Merckx-prullaria en is op zich al een volledige zaal van een toekomstig museum. Zoals een zesdubbelgevouwen affiche waarop Eddy Merckx met een hakenkruis op zijn petje rijdt. Toen Maurice De Wilde in zijn televisieserie over de collaboratie ooit een voorouder van Merckx een 'zwarte' noemde hadden de tegenstanders daar een vette kluif aan. Dat Eddy zijn nonkel Louis niet meer terug kwam van de concentratiekampen verzwegen ze. Carlos mag er niet aan denken dat deze schotschriften zouden worden tentoongesteld. De grootste smeerlappen waren nog de supporters van Van Looy, de zogenaamde Keizer Van Herentals die het nooit heeft kunnen kroppen dat Merckx hem in klasse een keer of honderd overtrof. Zijn aanhang verspreidde tijdens wedstrijden briefjes waarop de goorste nonsens omtrent Merckx werd verkondigd. 'Vermist uit tehuis De Melkmuil: Eddy Merckx! Wie hem vindt mag hem afleveren bij een Van Looy-supporter.' In de persoonsbeschrijving staat nog dat de spoorloze Nederlands broebelt. Carlos heeft die zaken in zijn portefeuille zitten, die puilt ervan uit. Daar zitten ze veilig en kunnen ze niet in de verkeerde handen terecht komen. De enige reden waarom hij ze in zijn bezit heeft is voor de volledigheid van zijn verzameling.

Begeerd en haast een klassieker in iedere Merckx-verzameling is een gewraakte foto van de renner in zijn bloot gat. Genomen door een boulevardfotograaf die de kleedkamer was binnengedrongen en de renner op de gevoelige plaat legde zonder dat deze naar het vogeltje lachte. Op de afgetrainde kont zou een blauwe plek te zien zijn, het bewijs van doping. Laster, allemaal smerige laster. Ook Carlos heeft die foto in zijn bezit. Wat hij echter niet heeft, is het bedankkaartje dat Merckx aan maar liefst 7000 supporters heeft gestuurd nadat die hem schriftelijk hadden getroost met zijn dopingschandaal. De reden is simpel: Carlos was niet in staat om een briefje te schrijven, de situatie werd hem te machtig en hij heeft weken lopen wenen. Dat viel uiteindelijk nog mee: toen het nieuws in de ether ging dat Merckx in Savona vooral veel vuiligheid in het potje van de dokter had gepist, hadden de spoeddiensten hun bedden vol met supporters die een hartinfarct hadden gekregen. Overal te lande tekenden cardiogrammen de steile flanken van de Tourmalet. Een complot, zoveel is zeker, en Carlos houdt het op de theorie dat een Italiaan iets in Merckx' drinkbus heeft gedaan. Zou het Felice Gimondi geweest zijn? Waarschijnlijk gaan we het nooit weten, Merckx vloog sneller dan de leugen, de waarheid achterhaalt de zaken dit keer niet. Maar *La Gazetta dello Sport* schreef zwart op wit dat er inderdaad iets in Merckx' drinkbus werd gekieperd. De journalist van dienst wist zelfs waar en wanneer: toen Eddy voor de wedstrijd naar de mis ging in Parma had hij zijn fiets tegen de gevel van de kerk gezet. Daar is het gebeurd, meer bepaald op het ogenblik dat de pastoor de heilige hostie in de lucht stak...

Merckx verzamelen is de onachtzaam achtergelaten stukken en brokken van een tijdperk verzamelen. Dat grammofoonplaatje waarop het lied 'Bravo Eddy' werd geperst, het Eddy Merckx-spel voor kinderen van 9 tot 99 jaar, dat borstbeeld, de borden met zijn konterfeitsel die je kon krijgen in het tankstation als je voldoende zegeltjes had gespaard, de reclame die hij voor Clark's kauwgom met pepermuntsmaak maakte, de vlagjes, de muntstukken... Ergens klinkt daar de muziek van Elvis Presley in. Ergens in die verzameling wordt er op de maan geland, ergens is daar de zomer zo warm dat je geen auto's mag wassen, zijn er autoloze zondagen en vallen er mensen flauw bij het zien van hun eerste minirok. Verzamelen is een trekje van de mens die een schaarste voelt naderen die hij niet benoemen kan. En verzamelaars proberen vat te krijgen op een zinloosheid die ooit van tel zal zijn. Bakvormen voor speculaas roepen minder op. Met Merckx heeft Carlos een stuk van ons allemaal verzameld. Ik sta weer met mijn nonkel Michel aan de platendraaier en speel op 76 toeren die hit uit mijn kinderjaren: *Freddy Maertens rijdt in 't groen, wordt nog wereldkampioen, en daar is niks aan te doen.* Mijn vader komt weer met een sigaret in zijn mond aan de start van een wedstrijd voor wielertoeristen. Al is dat het laatste van Carlos zijn zorgen. Hem is het alleen maar om Merckx te doen, de coureur met twee harten. Het ene klopt in Merckx, het andere in hem.

Wat zou José Saramago over Carlos zeggen?

Dit. '*Mensen als deze heb je overal, ze besteden hun tijd, of de tijd die er in hun ogen naast het leven voor rest, aan het verzamelen van postzegels, munten, medailles, vazen, ansichtkaarten, luciferdoosjes, boeken, horloges, sportshirts, handtekeningen, stenen, kleien beeldjes, lege frisblikjes, engeltjes, cactussen, libretto's, aanstekers, vulpennen, uilen, speeldozen, flessen, bonsais, schilderijen, bierglazen, pijpen, kristallen obelisken, porseleinen eenden, antiek speelgoed of carnavalsmaskers, en dat doen ze vermoedelijk uit iets wat je metafysische angst zou kunnen noemen, omdat het idee van de chaos als alleenheerser over het heelal onverdraaglijk voor hen is, misschien proberen ze daarom met hun bescheiden vermogens en zonder goddelijke hulp enige orde te scheppen in de wereld, waar ze voor korte tijd nog in slagen ook, maar alleen zolang ze hun verzameling in stand kunnen houden, want op de dag dat daar de klad in komt, en die dag komt altijd, hetzij door de dood, hetzij doordat de verzamelaar er genoeg van heeft, is alles terug bij af, loopt alles weer door elkaar.*'

Ik moet ook maar eens met schaar de schaarste aanpakken. Want het ziet ernaar uit dat de koers, zoals ze altijd al in mijn gedachten werd gereden, voer voor musea werd. En boeken volplakken, met prentjes van Lucien Van Impe. Een vereenvoudigd idee van orde, van een wereld die voor een minuscuul gedeelte gerangschikt is. Zodat mijn dood mij troost met de chaos die kort daarna ontstaat.

Zeventien zwart

Zeker twee woorden schonk België aan het vocabularium van de wereld: spa, en yperiet. Yperiet is van de twee het leukst om neer te leggen tijdens een potje scrabble, een zevenletterwoord met een ypsilon, zalig. Maar België is dus dat kleine land dat ligt tussen een glas water en een bidon mosterdgas.

Ieper liet over zichzelf geen enkele twijfel bestaan, het dikte de dictionaire aan in volstrekte ondubbelzinnigheid. Spa daarentegen is een gokkersstad, wedde op twee paarden, en werd een homoniem. Ten eerste is het de merknaam Spa die een soortnaam werd, zodat je op een terras gerust een Spa kan bestellen en de ober jou even later zonder gewetensproblemen een glas kraantjeswater of erger serveert. Geen kat die klaagt. En ten tweede is een spa een kuuroord. 'A spa-town', in English. Spa is Lourdes voor vrijzinnigen, baden zonder bidden. Waden in de wens op beterschap. Waarom schurken de klanken van 'de thermen' en die van 'terminaal' zich zo dicht tegen elkander aan? Ik heb ze gezien in Spa, de kinderen in hun karretjes. Bollebozen met broze botten, hun vakantietijd verdelend tussen dokter en animator. Hun hoop rust op de kinesitherapie, waar ze in het zuiden roest tijdens een kaarsjesprocessie. Misdeelden. Veel te oud geboren, geborgen in de warmte van het water. Paul Snoek wist wat water was, en zwom. Zwemmen is met armen en benen aloude geheimen vertellen aan het altijd alles begrijpende water, en een beetje bijna heilig zijn. Schreef hij. Het kan niemand verbazen dat zo'n dichter nog verzen schreef voor de patiëntjes van het zeepreventorium in De Haan. 'Met volle teugen van de vreugde drinken aan de bronnen van de adem openhartig.' Zo'n man missen ze in Spa. Tenslotte vond hij sterven achter het stuur van een lichtblauwe racewagen de mooiste dood, en had hij dat beter op het circuit van Spa-Francorchamps gedaan in plaats van op de provinciale weg nummer 71 richting Brugge.

Spa staat te boek als een slapende stad waar ooit Kaiser Wilhelm het einde van de Eerste Wereldoorlog ondertekende, en waar koning Leopold II zijn Maria-Henrietta verstopte als hij wilde gaan vossen in de nog veel diepere bossen van de Kongo. Nergens stond een kroonkurk met zoveel recht als op een fles Spa Reine. Zoals dat ook met Oostende (die andere koninklijke stad) het geval is, getuigen alleen nog oude affiches van de glorie van Spa. Wufte trutten in moeilijk te strijken jurken moesten volk lokken naar het tennistoernooi van 1903. Deze deernen waren vergezeld van mannen in pofbroeken, pronkend voor hun racekist, de stofbril blikkerend in de zon. Bon chique, bon genre. Het Monte Carlo van het noorden. Dure sporten en overspel. De enige, ware geschiedenis van deze stad zou moeten geschreven worden door de kamermeisjes van het Hôtel du Midi.

Spa mag dan misschien wel slapen, toen ik er verbleef, heb ik geen oog dichtgedaan. Het waren net de 24 uren van het naburige Francorchamps. Kinderen van veertig jaar die met opgefokte autootjes van een paar miljoen rondjes rijden is één manier om deze sport te definiëren. Ik sliep op de camping van het naburige dorpje Sart, acht kilometer van de racebaan vandaan, en de hele stad zoemde als een bijenkorf. Onophoudelijk, en luider dan de regen die Afrikaanse ritmes op mijn tentzeil roffelde. 's Middags was ik haast nog uit mijn sokken gereden door een knalpot op vier wielen, toen ik met de fiets een befaamde col uit Luik-Bastenaken-Luik beklom. Op de achterruit kleefde een gigantische sticker: RALLY IS NO CRIME. Ik heb het niet begrepen op autosport, er bestaan natuurvriendelijker alternatieven voor in het lunapark.

Op zondagochtend krijgt 'De Parel van de Ardennen' hartmassage, dan liggen de doden van de Tweede Wereldoorlog in de uitverkoop en kan je op de overdekte vlooienmarkt pothelmen en veldflessen op de kop tikken. En aangezien alle soldatenlijken welhaast zijn leeggepikt, vind je ook de vermolmde buffetkastjes van je overgrootmoeder daar te koop, naast bekraste singletjes van Adamo, lampenkappen en heiligenbeeldjes. Liever dan naar het containerpark te gaan, zetten veel mensen nog altijd hun vuilbak in de aanbieding. Een 'Parijse markt' noemt men dat in Spa, en ze overtuigen ons van hun gelijk door daar een accordeonist neer te poten. Het verval is op zijn schoonst in het midden van deze marché aux puces: een gebouwtje, een Byzantijns kapelletje bijna dat in feite een indoor-petanquebaan blijkt te zijn. In het paviljoen Marie-Henriette werd in 1959 om de wereldtitel petanque gestreden. De vloer kleeft en stinkt er naar biermerken die al geruime tijd van de markt zijn gehaald, op de obligate overwinningsbekers ligt een laag stof waarin niemand zijn naam heeft geschreven. Het hele gebouw is aan renovatie toe, net als de cliënteel. Maar de petanquebaan zelf, waar het hier tenslotte toch allemaal om draait, is in perfecte staat. Ik zou er niet van schrikken als blijkt dat de zandkorrels van het speelterrein op geregelde tijdstippen worden geschikt met het geduld van een zenboeddhist. Op deze plaats, dit prachtige monument uit onze vaderlandse sportgeschiedenis, heb ik de garantie mij eindelijk te bevinden onder mensen die weten hoe het kleine houten balletje heet waar de petanqueballen zo dicht mogelijk tegenaan moeten liggen. Een cochonnet, verdomd alweer een woord dat niet in de Van Dale staat. Je zal dat woord maar neerleggen tijdens een partijtje scrabble, die twee vervelende c's kwijt, met een beetje meeval twee keer drie maal woordwaarde, een bonus van vijftig punten, en je vrienden die in de Van Dale bladeren en triomfantelijk zeggen dat jouw woord niet bestaat. Nul punten, beurt kwijt. Afijn: kloterij.

De enige overlevende van het majestueuze Spa van weleer is het casino. Iedere zichzelf respecterende gokker moet minstens één keer in zijn leven op de roulette in Spa hebben gespeeld. Omdat Spa het oudste casino ter wereld heeft, de moeder van alle goktempels. Het kadaver van Johann Sebastian Bach was misschien nog niet helemaal gecomposteerd toen in Spa de eerste kaarten werden gedeeld. 1763. Op de roulette: 1 rood, 7 zwart, 6 zwart, en 3 rood. Of voor wie voorzichtiger wil inzetten: 17 plein, en een cheval op 6 en 3. Of nog veiliger speel je het jaartal 1763 met een transversale simple op het eerste quattro. Ik heb het geprobeerd en ik moet zeggen: 1763 is mijn getal niet. Als je niet tijdig stopt, verspeel je daar je pensioen mee.

Ik was zenuwachtig toen ik op het punt stond het casino te betreden. Natuurlijk, ik had genoegen kunnen nemen met de goktempel op het gelijkvloers waar de spelautomaten staan, maar dan kan je net zo goed met bierschijfjes spelen. Een mens rijdt tenslotte geen benzinetank leeg om tegen een flipperkast te stampen of om poezelige beertjes uit een ton te grijpen. Daar dienen onze kermissen voor. Neen, ik was vastberaden en zou op de Amerikaanse roulette spelen. Uit nieuwsgierigheid, zoals alle gokverslaafden die eerste keer hebben beweerd. Maar ik ben te weinig man van de wereld om zomaar de grote Jan uit te hangen. En ik ben niet vergeten hoe mijn nonkel Eddy in de gevangenis van Dendermonde gordijnringetjes moest maken om aan sigaretten te geraken, omdat hij zijn gokschulden in café Olympia niet meer kon afbetalen. ‘Als ik u ooit weet gokken,’ zei mijn vader geïnspireerd door zijn onfortuinlijke broer, ‘dan moogt gij uw sleutel afgeven en op een ander slapen.’

Het casino blijft voor mij ergens een verboden gebied, en ik hoor nog altijd de galm van het gebod daar geen poot binnen te zetten. In Spa mogen de goktafels dan wel onder de kerktorens staan, de farizeeërs worden er niet weggejaagd, krijgen zelfs een aparte parking voor hun Jaguars. Nog geen tien jaar geleden kende ik de ondraaglijke lichtheid van het bestaansminimum, een groot stuk van mijn volwassen leven stond ik in het stempellokaal flauw te grappen dat ik van mijn hobby mijn beroep had gemaakt, het is nog maar sinds een kleine vier jaar dat ik niet meer her en der hoef te bietsen en bij te klussen om mijn kop boven de drek te houden. En nu was ik met mezelf een afspraak aan het maken hoeveel mijn inzet zou bedragen, hoeveel winst en hoeveel verlies ik mezelf zou toestaan. In mijn keel bonkte het hart van de Italiaanse jongen die ik ooit in de Amsterdamse hoerenbuurt zag staan, en die luidkeels aangemoedigd door zijn vriendjes al zijn moed verzamelde voor een inwijdingsritueel. Hij wou het niet doen, hij wou het gedaan hebben. In mijn knieën knikte plots zijn drempelvrees.

Mijn meisje en ik plaatsten onze simpele doch degelijke wagen naast een corps diplomatique en wandelden door de donkere en veel te lange gang, naar een wereld die ik uitsluitend uit de filmpjes kende. Op het einde van de gang een spiegelzaal. Vierentwintig kopieën van mezelf staarden me aan, vroegen zich af of ik niet te sjofel gekleed was, of ik geen vlinderdas onder mijn kin moest, of ik geen sigaar in mijn mombakkes moest rammen. Vierentwintig jongemannen, een paar van hen kende ik. De ene had nog op een scooter pizza's aan huis geleverd en de nachtshift in een plasticfabriek gedaan, de andere had onderbetaald met toeristische bootjes op de Leie gevaren en kon 'het Gravensteen' zeggen in het Japans. De middelste wou gaarne schrijver worden, die kleine links had vroeger een programma op Studio Brussel gepresenteerd en de bleekste van de reeks stond nu op het punt op de roulette te spelen. 'Bonjour,' zeiden ze allemaal terzelfdertijd tegen mij, en 'bonjour' zei een dameshoofd achter haar balie.

Dat dameshoofd vroeg mijn paspoort. Zo'n casino is een streng bewaakte burcht, en rouwig was ik daar niet om. Mijn paspoort verdween onder een kopieermachine, de prachtige gokkersgetallen van mijn identiteitskaartnummer werden op de computer ingetikt, en voor ik het goed en wel besefte, was ik lid gemaakt van het casino van Spa. Daar zit ik dan met die lidkaart in mijn portefeuille, verstopt achter mijn getrouwheidskaart van een winkel in tweedehandsjes. Over solvabiliteit wordt aan de ingang niet gepraat, elke speler zal zijn inzet cash betalen en niemand zal u het recht ontnemen uzelf in een klein uur tijd bankroet te spelen. Er lagen een paar foldertjes voor onze neus die weliswaar niet werden aanbevolen, maar die er zeer waarschijnlijk bij een of ander koninklijk besluit verplicht zijn te liggen. Een mens kan zich nooit genoeg informeren, het was een brochure met nuttige adressen voor mensen met een gokverslaving. Al lezende kwam ik aan de weet dat ik mezelf iedere toegang tot alle casino's en automatische speelhallen kan laten weigeren door een telefoontje naar de kansspelcommissie te plegen. Wie zichzelf niet uit het casino kan houden, kan zich dus op aanvraag naar buiten laten werken door metersbrede kerels.

'Alles is in orde,' zei de dame. 'U krijgt de toestemming om naar binnen te gaan.' Maar op dat ogenblik had ik er niet het flauwste benul van hoe al dat gokken in z'n werk ging, ik wou dat er mij een spelreglement of iets dergelijks in de handen werd gepropt.

'Het is de eerste keer dat ik in een casino kom, mevrouw.'

'Och,' repliceerde ze, 'het zal allemaal wel meevallen.' Alsof ik hier op visite was voor een ingrijpend darmonderzoek. En de deur schoof open. Een traphal die uiterst geschikt is voor zelfmoord na een zopas opgelopen faillissement als drempel naar de speelzaal. Boven je hoofd bungelen Damoclesiaanse lusters, honderden kristallen oorbellen tegen het plafond. Er komt een dag waarop de vijs die de luster tegen het plafond houdt verslijt, dat is een zekerheid. Metaalmoeheid. Die dag kan vandaag gekomen zijn. Misschien ook niet. Zet ik er geld op in?

Net voor je de nog altijd onzichtbare speelzaal in gaat, staat er een sigarettenautomaat. Ik had zin om een paar muntjes in de gleuf te werpen, op een knopje te duwen, en dan met het gevallen pakje in de hand rond te huppelen, 'Gewonnen! Ik heb iets gewonnen!' roepend. Maar dat waren de zenuwen, ik moest die ergens kwijt. Ik stak die sigaret maar beter gewoon op, hield tussen hoffelijk en bekakt de deur voor mijn prachtige dame open, en stapte met haar naar binnen met de flair alsof ik hier al jaren vaste klant was. Nu was het voor echt, en ik startte om te beginnen met een heel bang hart ons onderzoek naar de kostprijs van een pilsje.

De ober van het casino was een echte. Gekleed in een picobello kostuum dat onder de kreuken zat. Je ziet dat ook bij taxichauffeurs. Dienaars lopen er vaker chiquer bij dan hun meesters, maar missen een degelijk strijkijzer. Zijn gezicht had iets mefistofelisch en ik was er vrij gerust in dat ik met hem een intens gesprek over bijvoorbeeld alimentatiegelden kon beginnen. De charmes waarover hij beschikte, moest hij hebben ontwikkeld vanuit het besef lelijk te zijn. Vrouwen die kunstonderwijs hadden genoten achtte ik perfect in staat van zijn gezicht te houden. En ook ik mocht hem. Op de een of andere manier stelde zijn aanwezigheid mij op mijn gemak. In leeftijd had hij bijna mijn vader kunnen zijn, en ik bedacht dat hij in mij en mijn meisje een zoveelste chichi-koppeltje kon menen te begroeten. Twee omhooggevallen snotapen, steenrijk geboren, die voor de gein hun geld belegden in aandelen en na het golfen gokten. Om duizenden keren meer dan hij te verdienen moesten we rustig toekijken hoe onze ouders stierven na een stijlvolle reutel, en handtekeningen plaatsen bij de notaris. Dat kon vermoeiend zijn. Thuis zat onze meid haar dweil te soppen in een champagne-emmer en wij kwamen eventjes met geld smijten. Zeker, zo'n ober schrikt van zo'n koppeltje niet meer op. Hier komt zichzelf belangrijk vindend volk, en altijd anoniem. Het casino is van alle dingen losgeknipt, een zwerfsteen in de kosmos. Telefoneren mag hier niet, fotograferen of filmen evenmin. De wereld is elders. Zou die ober nog vreugdekreten moeten onderdrukken wanneer hij de snobs voor zijn neus miljoenen ziet verliezen, of raakt men daar toch aan gewend?

Ik bestelde twee pilsjes van het vat en kreeg te horen dat hij aan mijn wens niet kon voldoen. Te min, dacht ik, pilsjes zijn voor het gepeupel, grof geld was je in whisky wit. Maar de tapkraan was naar de vaantjes, dat was de reden, en we kregen onze pils uit het flesje. Met een ei in mijn gat trok ik mijn portefeuille, en stelde bij het zien van de rekening opgelucht vast dat het hier goedkoper drinken was dan in de meeste Gentse cafés. Gezeten op een barkruk, tutterend aan mijn flesje, probeerde ik het spel gade te slaan en er iets van te snappen. Eén speler in de gaten houden leek mij het verstandigst. Aan de tafel vlak voor ons zette een Duitser geestdriftig fiches in. Eventjes de grens over gewipt om zich te vermaken. Naast hem zat zijn vrouw met haar mondhoeken naar beneden zich te pletter te vervelen, en zenuwachtig te kijken naar het spel. Haar vierde verblijf hing van het volgende spelletje af. Op het tapijt van de speelzaal vindt volgens mij de poetsploeg elke ochtend afgebeten vingernagels in lila nagellak. Het ging niet goed met de Duitser, en als mijn leraar Duits in het humaniora destijds zijn werk goed gedaan had, zou ik uit de conversatie van deze twee begrepen hebben dat hij behalve zijn BMW ook zijn huwelijk aan het verspelen was.

De croupier trok zich nergens wat van aan. Een meisje van ik schat tweeëntwintig jaar, de leeftijd om huwelijken van een ander te breken. Zij draaide aan het rad, rijfde fiches weg, en ratelde getallen af. Een kabbalistische zangeres. Als ze zeven levens heeft verwoest, zit haar taak er voor vandaag weer op en wordt ze vervangen door een volgende croupier. Onverschilligheid is haar beroep. De Duitser zou uiteindelijk nog net voldoende overhouden om zich van pure miserie een stuk in zijn kraag te zuipen. In haar gedachten zette zijn eega al haar fiches op andere mannen in. Misschien was het maar beter dat ik nu even een andere kant op keek.

Het plafond bestuderen. Ik bestudeer altijd aandachtig plafonds wanneer ik doe alsof de rest van mijn omgeving mij geen sikkepit interesseert. Een fresco met engelachtigen. In hun nissen stonden marmeren schikgodinnen naar de roulettetafels te kijken. Ze hadden borsten vol beloften, en spijtig genoeg al kinderen die aan hun rokken hingen. De ijskoude luxe van 1763. Hun tepels waren voorzeker verborgen bewakingscamera's. Iedere vierkante millimeter wordt hier gecontroleerd. En hoe langer ik naar deze exquise ruimte keek, hoe troostelozer ik alles vond. Ik miste muziek. Dat zou gokkers natuurlijk uit hun concentratie halen, wie blackjack speelt zou eventueel de tel kunnen kwijtraken. Maar anderzijds zou ik het wel op prijs stellen om mijn kop op tafel te laten vallen als ik net de laatste rafel van mijn hemd had verspeeld, zo heerlijk ouwerwets op een liedje van Tom Waits.

I always play Russian Roulette in my head
It's seventeen black and twenty-nine red
How far from the gutter, how far from the pew
I'll always remember to forget about you

Voor we ons verstand dreigden te gebruiken, moesten we dringend zelf maar eens gaan spelen. We hadden thuis nog eten in de kast staan (vijf dozen ontbijtgranen, ten minste houdbaar tot 4 april 2004) en zouden in het ergste geval het einde van de maand wel halen. Het probleem was dat spel eerst onder de knie zien te krijgen. Want, zo hadden we al opgemerkt, het volstond niet om een fiche zomaar op een getal te zetten. Tenzij je ermee kan leven dat je winstkans 1 op 37 bedraagt. (Mijn vader werd niet ouder dan 37! Een teken, ik weet het zeker!) Je moet bepaalde cijfers met elkaar weten te combineren. De wiskunde in de willekeur ontdekken, als het ware.

De ober toonde zich bereid ons de knepen van het vak te leren en betreurde het zelf niet te mogen spelen, wegens het bezit van bijzondere voorkennis. Hij was nog maar net begonnen ons in de verschillende speltactieken te onderwijzen of werd hierin al onderbroken door een boom van een vent in smoking. Of hij ons kon helpen, vroeg hij. Ieder woord dat op deze plaats gewisseld werd, kwam in zijn linkeroor terecht. Fluisteren heeft geen zin. De ober spoelde verder zijn glazen en de regels van het spel werden ons droog doch duidelijk door Big Brother in hoogsteigen persoon uitgelegd. Ervan uitgaande dat je overal in het vizier bent van de onbemande camera, had ik op het toilet alvast mijn middenvinger opgestoken naar de man in de controlekamer. Het kon maar even de sleur van zijn saaie leven gebroken hebben, ik durf te wedden dat hij mij dankbaar was. Voor vier fiches.

'Je gaat winnen', mompelde de ober. 'Alle beginners hebben geluk.'

Ik geloofde hem. De Duitser die daar nog steeds als een verongelijkt kind naar de roulette zat te staren zou immers nooit naar het casino zijn weergekeerd indien hij zijn allereerste keer meteen een paar miljoenen had verspeeld. Sommigen zijn gewoon te lui of te gierig om verslaafd te geraken, ze kregen hun eerste gram cocaïne dan maar voor niks.

Maar goed, we waren er klaar voor. Als we dan toch straatarm moesten worden, dan konden we er maar beter lol aan beleven. Fiches moest je rechtstreeks bij de croupier kopen, dat hadden we al gezien. Mensen trokken een bundeltje bankbriefjes uit hun borstzak en smeten dat gewoon op tafel zonder een woord te zeggen. Dat kon ik niet. Ik zei 'alstublieft', zoals ik het heb geleerd. En 'alstublieft, meneer' als ik iets gaf aan een bedelaar. De kinderen van een postbode zijn meestal streng maar keurig opgevoed. Ze kregen bijvoorbeeld ingeprent dat gokken voor losers is.

Alle gokkers hebben hun getal. Wij hielden het op onze liefdesdatum. Ik bedoel, onze liefdesdatum speelden we plein. En daarnaast speelden we nog een zwevend cijfer plein, een cheval en een carré, en een enkele keer een transversale pleine met de nul. Ik speel graag met de nul, moet ik zeggen, er is iets aan dat getal dat mij aanspreekt, en dat uitstekend bij me past, al weet ik ook niet zo precies wat. Inzetten op kolommen, kleuren, paar of onpaar doe ik niet. Te kinderachtig, en werkelijk te pover van opbrengst. Je kunt dat wel eens doen met je volledige hypotheeklening of zo, dan krijg je nog een beetje spanning in deze speelwijze en wordt iedereen aan tafel wakker, maar anders is daar niet veel suspense aan te beleven.

We verspreidden onze fiches strategisch over de tafel. Tenminste, wij dachten dat het strategisch was. En het ergste wat er op dat ogenblik had kunnen gebeuren, gebeurde ook meteen. Beginnersgeluk. We wonnen. Op de 32, plein. Je zit je allereerste seconde aan de roulette en het geluk drukt zich uit in een rood getal. Vijfendertig keer onze inzet kregen we terug. Heel lullig, want we hadden ons voorbereid op een ganse avond vertier terwijl de rede ons nu dwong onmiddellijk te stoppen. Na één seconde. Maar als we meteen zouden stoppen, dan zou het lijken alsof we alleen maar voor het geld spelen. Zoiets komt nogal hebberig over, toch? Mocht ik mezelf er even aan herinneren dat ik iets tegen kapitalisme heb?

We speelden verder.

Roulette is de loterij, maar er is wel iedere minuut een trekking. Razendsnel gaat dit spelletje. Inzetten, tellen, inzetten, tellen, inzetten, tellen, en dat de hele avond aan één stuk. Er zijn momenten waarop je tientallen euro's in luttele minuten in de zakken van een ander ziet verdwijnen. Een zenuwslopende vorm van altruïsme. En soms gaat ook dat niet snel genoeg. Een man in neokoloniaal pak speelde op twee tafels tegelijk. Omdat er geen drie tafels in gebruik waren. Hij zwierde zijn fiches op de ene tafel terwijl hij de dans van de getallen aan de andere tafel gadesloeg. En toch vond hij nog de tijd om zijn sigaretten aan te steken, de ene met de andere. Het verschil met ons was dat wij met fiches van twee euro speelden, en hij met schijfjes van honderd, die soms torenhoog op één getal werden ingezet. Aan zijn gezicht viel niet te merken dat hij dertig seconden eerder nog tweeduizend euro rijker was. Zijn vrouw zat een eindje verderop, alleen aan een tafeltje, en bemoeide zich niet met zijn spel. Ze zat daar, te zitten, de hele avond, zonder drank. Niet eens een watertje. Niet eens een Spa. En zuinigheid kon dat niet zijn.

We verloren nog een paar keer stevig, en wonnen nog een paar keer met fiches die we op lelijke getallen hadden ingezet, maar al bij al hadden we nog een prettige eindbalans. Geen van ons twee was mentaal op een leven als rentenier voorbereid, en dus besloten we maar te stoppen voor we pas echt forse winst gingen boeken. De getallen van onze liefdesdatum die we iedere keer hadden gespeeld, waren geen enkele keer gevallen. En dan voltrok zich wat de Wet van Murphy heet: we waren nog maar net gestopt met spelen of daar vielen die getallen al. Twee keer na elkaar. 1400 euro die we lieten liggen, 1400 euro die we in één minuut hadden kunnen verdienen. Reken maar eens uit hoeveel dát zou bedragen in de maand. Toeval is een prachtig ding.

Ondertussen was de nacht over Spa gevallen en arriveerden de harde spelers. Macho Italianen van hooguit vijfentwintig jaar met dure sigaren in hun tronie. Roze hemd, kettingen, blinkend haar. Hun gesticulaties namen de hele tafel in beslag, ze maakten het iedereen onmogelijk naast hen te kijken. Met hun armen zwommen ze schoolslag in de leegte, ze gaven rondjes en hadden een behendigheid met de fiches die je slechts na het verlies van een paar villa's verwerft. Een heerlijk tafereel, en perfect opgebouwd hoe ze langzaam in elkaar vielen en uiteindelijk zwegen. Alleen de Duitser sprong zo nu en dan nog eens luidruchtig op. Hoewel hij al een hele poos berooid was, had hij nog niet de moed gevonden om zich ergens een brug voor de nacht te zoeken, en was hij aan de tafel blijven zitten. Alle getallen die hij een hele avond had gespeeld en die geen enkele keer waren gevallen, begonnen ineens te renderen. En dat hadden de croupiers geweten. Duits is een taal die zich uitstekend leent om iemand uit te schelden, en hij beheerste er maar één. Van zijn vrouw was inmiddels geen spoor meer. Misschien moest hij haar afgebeten vingernagels maar eens van het tapijt rapen, als aandenken. In het geval van kunstnagels kon hij ze de zondag daarop nog verkopen op de vlooienmarkt.

De macho Italianen kregen weer blink in hun ogen toen een in het zwart geklede dame op het toneel verscheen en met veel overtuigingskracht de uitkering van haar ex vol op de nul zette. Haar kleed was naar de mode van 1763, met mouwen vol franjes. Een simpel boerenverstand heeft lang geleden al voor haar de term 'schijtewijf' bedacht. De geile blikken van de Italianen vielen pardoes in dat kleed en zij maakte geen aanstalten om die eruit te halen. Het tegendeel leek me waar. Als een druppel gleden die blikken tussen haar borsten naar beneden, en lieten ongetwijfeld een slijmspoor op haar lijf na. Het casino als een plaats om rijke, gescheiden wijven te veroveren. Het is het verlies waaraan een mens uiteindelijk verslaafd geraakt.

Requiem voor een kalkoen

INTROITUS

Omdat de donkerte der dagen de mensen nader tot elkaar brengt, was het kerstavond toen mijn vader me zei dat hij kanker had en hij het einde van het voetbalseizoen waarschijnlijk niet meer halen zou. Dat was het jaar waarin wij nauwelijks een hap van de kalkoen naar binnen kregen, iets waar de kat ruimschoots van profiteerde. Eendracht Aalst werd inderdaad zonder mijn vader kampioen, en promoveerde naar eerste nationale. Kerstavond was het toen mijn pleegouders na ernstig conclaaf tot de conclusie kwamen dat ik een onopvoedbare, onhandelbare jongen was en ik mijn eerste van veel te veel dagen in een instelling doorbracht, waar het budget voor een kerstdis de creativiteit bevorderde zodat de gigantische gehaktbal op de tafel werd gekneed tot deze de vorm van een kalkoen aannam. De maden in dat gehakt waren nog niet gaan jeuken wanneer ik voor het eerst in mijn leven en uiteraard onder de zachte dwang van een hoofdopvoeder op een harde kerkstoel van gevlochten riet een middernachtsmis bijwoonde, waar ik de huismoeders van Belsele al hun tandvullingen kon zien terwijl ze godsvruchtig de lof der kribbe bezongen (met een gelukzalige glimlach, zodat ik begreep: geen enkele minnaar kan hier in Belsele concurreren met de genoegdoeningen van Ons Heer). En kerstavond was het toen ik als snotjong met mijn ouders aan de ronde keukentafel van Dikke Wis en Manke Fons zat te kokhalzen boven een aker dikke diarreekleurige soep waarop allerlei ingewanden van een kalkoen lagen te drijven, die ik moest opeten omdat zowel Dikke Wis als Manke Fons de oorlog had meegemaakt en dus in tegenstelling tot mij echt wel wisten wat lekker was, en dat de man in de televisie het belangrijkste deel van de tafelgesprekken voor z'n rekening nam en zei dat de zanger Louis Neefs was overleden. Nieuws dat insloeg als een bom, zodat het verdriet om de nooit nog één noot zingende Louis werd weggespoeld met een fles of tien verderf die Dikke Wis en Manke Fons nog uit Tenerife hadden meegebracht, waarna mijn vader begon te zingen '*Oh, oh ik heb wormen, oh, oh ik heb wormen, oh, oh en dat verveelt me zo oh-oh*', waarna Wis een striptease deed, waarna Fons op zijn vrouw klopte, waarna mijn moeder met haar hoofd boven een emmer in slaap viel, waarna mijn vader in de tuin op handen en knieën op zoek ging naar zijn kunstgebit dat hij tussen de sparren van ons gastgezin had uitgekotst en dat werd schoongelikt door de hond. Waarna ik kerstavond definitief beschouwde als de zieligste aller avonden.

KYRIE

Nog voor ik drie regels van zijn gedichten begreep keek ik ontzettend op naar de dichter Joseph Brodsky, al was het maar omdat deze man het verstand had jaarlijks met Kerstmis zijn rug naar de wereld te keren. Ieder jaar, wanneer overal ter wereld weer de grammofoonplaten van Bing Crosby werden afgestoft, trok de norse Rus zich terug op de bodem van een latere zee, Venetië, en schreef hij er een kerstgedicht. En zoals je kon verwachten, bewasemde de dood iedere gedachte aan de geboorte, waarvoor Kerstmis toch symbool ging staan. In navolging van de Nobelprijswinnaar die de tiendigste maartember toevoegde aan de kalender en daarmee een datum bedacht waarvan ik het gevoel heb dat al mijn dagboeken hierop werden volgeklad, ben ik mij, als ik tenminste kon, met kerst gaan verstoppen. Geen gedicht, ik schrijf nu ieder jaar met kerst in heerlijke afzondering een nieuwjaarsbrief. Het zijn de enige brieven die ik nog met vreugde schrijf, na een alinea of drie voldoen zij aan de epistolaire eisen van een liefdesbrief. Op de brievenbus waarin ze vallen staat ook mijn naam.

De donkerste dag van het jaar bracht ik met de bestemmeling van mijn nieuwjaarsbrieven door in Ovifat. Oud en nieuw dreven er onafwendbaar de dichtbemiste bossen binnen, het voer in weemoed onverklaarbaar, alsof wij het leven herbegonnen en geen achtentwintig jaren naast elkaar hadden gekeken, alsof wij niet eerst al onze pogingen om te mislukken met een ander moesten opgebruiken vooraleer wij elkander mochten naderen; het voer in weemoed onverklaarbaar, alsof er roem zou zijn, geen kommer, meer dan 24 euro op de bankrekening, altijd vers brood en witte rozen in huis. We zagen twee herten en de herten ons, ze zagen mij en een blonde schoonheid: zij voer van liefde naar intense droefheid, haar weemoed liet ze onverklaarbaar.

Ziedaar de najaarswandeling van een Brodskiaan, zijn romance met de woorden van een bewonderde.

Kerst is een gevaarlijk spel, je moet ervaren zijn in de somberte om het te spelen. En misschien moet ik wel toegeven dat ik de somberte ben ontwend, tenminste toch voldoende om mij op kerstavond opnieuw onder de mensen te begeven, mijn vork in de borst van een kalkoen te steken, luidkeels vrede te wensen aan dat paar mensen op aard' van goede wil, op de dansvloer te tollen tegen de wijzers van al onze meedogenloze klokken in. Want dat, dat is wat ik dit jaar heb gedaan.

SEQUENZ

Bij de tweeduizend en tweede nageboorte van de Messias stopt de wereld niet met sterven. Ook België is op kerstavond weer een heel klein beetje meer doodgegaan, en bijna niemand die het heeft gemerkt.

Houdt u van orkestjes? Ik wel.

Zodanig hou ik van orkestjes dat ik er een punt van maak ieder jaar met de Belgische nationale feestdag naar een lukraak gat in Wallonië af te zakken, waar er altijd wel een paar planken in enkele bierbakken worden gemept als podium en waarop er vervolgens een orkestje de deunen speelt die steevast leiden tot een kusjesdans. De kreet 'Vive la patrie' leidt er een nummer van The Beatles in, en de Vlaming die daar een strofe van de Franstalige groep Indochine kan meezingen mag niet alleen rekenen op veel respect, maar ook op een avond van intense verbroedering. Ikzelf integreer er in eigen land door nooit een Jupiler maar een Jupe te bestellen, en uit mijn dak te gaan als de band 'Il y a des cactus' speelt. Wat al die orkestjes zo onderscheidt van andere bands, is dat ze waarlijk alles kunnen spelen. Zij presteren het ten eerste om over een repertoire te beschikken dat je in geen enkele jukebox krijgt gestampt, ze spelen onverdroten van acht uur 's avonds tot de eerste vinkensuskewiet van 's anderendaags. En ten tweede kunt u recht op zo'n orkestlid afstappen en hem vragen of hij niet even 'Roll over Beethoven' uit zijn Taylor-gitaar wil rammelen en dat vervolgens opdragen aan uw tante Georgette die precies vandaag vijftig jaar getrouwd zou zijn geweest als haar man het twintig jaar geleden niet was afgetrapt. En dan speelt zo'n orkestje ook 'Roll over Beethoven', zonder probleem en met plezier. Waar zij die duizenden partituren in hun hersenen opslaan en welke elementaire kennis ze uit hun kop moesten mesten om al die liedjesteksten en bijhorende akkoorden er nog gestockeerd te krijgen weet ik niet, maar als bewondering datgene is wat je opbrengt wanneer iemand iets doet wat jij niet kan, dan is bewondering wat ik voel voor deze orkestjes. Vaak kom je ze niet meer tegen. De tijden dat wij nog naar trouwfeesten in de parochiezaal gingen en dat de zoon van de beenhouwer en zijn magistraal orkest daar garant stonden voor vele bamba's en jaja paarden in de gang, die tijden zijn ongeveer echt wel voorbij. Een deejay is goedkoper, en zingt nooit vals. Een handvol orkestjes is nog zo zot om als Don Quichote ten strijde te trekken tegen de platenruiters, steeds met minder succes, en heden zijn we zo ver dat zelfs de peetvader van al deze bands er ook het bijltje bij neerlegt: Bobby Setter, zijnde de stichter en de hoeder van de enige echte Bobby Setter Band. Voor al uw trouwfeesten, voor ieder Bal van de Pompiers, voor elke Nacht van de Rijkswacht, voor het Gala van de Burgemeester en de Soiree Dansant van de Middenstand.

Bobby Setter (pseudoniem voor Bob Verhelst, maar met zo'n naam geraak je nooit een podium in Nashville op) gaat met pensioen, nagenieten op zijn ranch die hij plank per plank uit de States liet overbrengen en die hij ergens in het Vlaamse land heeft neergepoot samen met een optrekje voor zijn paardenknecht. De waarheid is dat de Don Quichote in Bobby Setter moegestreden raakt, hij een Bal van de Pompiers of tien te veel heeft meegemaakt waar er de laatste tijd meer werd gedanst op de plaatjes die de deejay tijdens de pauzes van zijn optreden draaide dan er een stoel werd verlaten op het moment dat het orkest zich Jerry Lee Lewis waande. Slechts weinig optredens stonden nog met een hartje omcirkeld in zijn agenda, maar één ervan was vaste prik en een goedmaker voor de rest van het hele jaar, én een niet te missen evenement voor velen van zijn trouwe fans: het kerstdiner in Gasthof Palace, helemaal bovenaan op de Kluisberg, de Mont de l'Enclus. Deze kerst heus wel voor het allerlaatst op deze plaats. De zwanenzang van een monument, een brok België die werd weggeslikt. En ik was daar, samen met mijn schoonouders, slip, slip, slip.

OFFERTORIUM

De laatste kilometers naar Gasthof Palace zitten in het collectieve geheugen van onze wielernatie, en pas door ze ook nog eens in de kuiten te hebben kan u aanspraak maken op het godendom. Het asfalt staat volgekliederd met namen van geadoreerde wielrenners, wat in een steil naar de maan lopende straat toch op een smeekbrief aan de hemel lijkt. Het onkruid dat hier staat dronk heldenzweet, beukend over de Kluisberg en met hun hoofd op het koersstuur leken de sterksten der cyclisten hier op rammen, of stieren, opgehitst door het publiek, op zoek naar de rode lap van de laatste kilometer. De mensen die hier wonen en met veel zorg en gevoel voor burgerzin hun voortuintje onderhouden hebben fluim en snot van wereldkampioenen in hun haag. Dit stuk wegdek is de verzameling van spannende episodes uit evenzoveel Ronden, en er is België heel veel oneer aangedaan door de Kluisberg niet op een Monopolybord te plaatsen. Achtduizend knotsen zou een lapje grond u daar moeten kosten, wie er een hotel heeft staan is binnen. 'Eindelijk, godverdomme!' moet de renner denken die met zijn kleinste verzet de parking van Gasthof Palace haalt, 'Eindelijk boven!' Als kerstavond moet worden doorgebracht op een beetje heilige plaats dan kon mij dit keer niets ten laste worden gelegd.

Voor het loon dat u voor één dag fabriekslabeur opstrijkt, bood de Palace een viergangenmenu aan, een allerlaatste keer feesten met de Bobby Setter Band tot een kot in de nacht (allez, profiteert ervan), en zoveel drank als uw maag verdroeg. Voor dat laatste was ik een beetje bang, want ik was daar zoals gezegd dus met mijn schoonouders en geheel klassiek heeft het mij moeite gekost om in de gratie van deze mensen te vallen, ik was nu eindelijk zover en begreep dat ik bij de kleinste misstap weer helemaal opnieuw met een charmeoffensief zou moeten beginnen. Die dingen gebeuren soms sneller dan je 't zelf in het snotje hebt. Ik was met een aantal goede voornemens naar hier gekomen: niet tegenstribbelen wanneer mijn schoonmoeder me vastgrabbelde om met haar een wals te dansen, de rook van mijn sigaretten niet uitblazen of dan toch in de richting van het plafond als het echt niet anders kon, en mij openstellen voor gespreksonderwerpen waar ik niets over te zeggen had. Mij dit alles voornemende bewonderde ik het interieur van de Palace, een combinatie van onberispelijk wit en bloedrood. De tent zat vol met hondstrouwe fans van Bobby, het tafeltje vlak voor het podium was gereserveerd voor een paar dat niet één optreden van zijn idool had gemist en dat weldra helemaal het noorden kwijt zal rondspertelen in een immens zwart gat. Wie hier aanwezig was moest je niet op een papiertje zetten dat er goed wordt geboerd in de Belgische muziek, die wist dat Karin Setter, de dochter en groepslid, in Amerika een absolute nummer-1-hit had gescoord met 'When your darling is only a memory'. Jaja meneer, in Amerika, daar kijkt gij van op hè.

Eigenlijk verschiet ik van niets meer, maar toen moest ik mijn eerste aperitief nog voor mijn neus gezet krijgen. Met kerst heet zoiets 'cocktail maison' en ik had nogal sterk het gevoel dat het een samengietsel was van alle flessen die Gasthof Palace het afgelopen jaar niet gesleten kreeg. Het enige wat ik met zekerheid herkende, was helaas voor mijn persoonlijke smaak het slechtste: martini. Je moet dat verstaan, ik kom uit een nest waar enorm werd neergekeken op martinidrinkers en ik moet het dat nest nageven recht van spreken te hebben in kwesties als deze. Maar soit, het was kerstavond, en we zagen dit door de tralies van onze vingers. De obers deden hun werk naar behoren en schonken voortdurend huiscocktail in, of je daar nu om gevraagd had of niet. Ondertussen stegen we naar een aantal decibels waartegen de bewoners in de buurt van een luchthaven met spandoeken op straat komen en was mijn schoonvader me amicaal maar onzacht op de rug aan het kloppen; wij zijn dikke maten, patat.

Vier van die cocktails verder (gedronken tegen een snelheid waarmee je door de geluidsmuur breekt) schudden mij allerlei mensen de hand die bij nader inzien orkestleden bleken te zijn. Eigenlijk is dat een mooi gebaar: vlak voor een optreden even uw publiek komen groeten, een hand geven, een babbeltje slaan en iedereen een fijne avond toewensen. Ik heb het David Bowie nog niet weten doen en ik heb hem toch ook al een keer of drie aan het werk gezien. Diegene die naar mijn gedacht de hand van mijn geliefde iets te lang schudde was Roger, de bassist, en voltijds Casanova. Roger is 58, probeert bij de vrouwen profijt te slaan uit het feit dat hij bij de Bobby Setter Band speelt, en neemt naar al zijn optredens zijn moeder mee. Een kranige dame van negentig en oneffen die van de directie niet aanwezig mag zijn op het nieuwjaarsoptreden van de Band in het casino van Knokke, omdat ze daar alleen maar is om naar haar zoon te kijken en er geen chique menu naar binnen wil schrokken. Roger is een goed mens, dat moet gezegd, want hij had aangeboden ons naar huis te rijden als na het feest alles was opgekraamd, zodat wij niet op een borrel meer of minder hoefden te kijken. Het vooruitzicht op een tijdens een kerstnacht verworven Bob-sleutel viel samen met de eerste fles witte wijn. Ergens in de keuken was op dat moment een kalkoen reeds al zijn pluimen kwijt.

SANCTUS

Het eerste bord rivierkreeftjes verliet de keuken toen Bobby Setter ('van a one, a two, a one, two, three') zijn vingers in het pianoklavier drukte en begonnen was voor een set van vele uren. Hoe dikwijls heeft hij dit gedaan, dit aftellen zodat alle leden op de maat het eerste nummer openbraken? Hij deed het twintig keer op het Gala van de Belgische luchtmacht, hij deed het in het Prestige Luxe Hotel La Mamounia van Marrakech, hij deed het in Dubai in het Jumeirah Beach Hotel Burj Al Arab (naar verluidt het duurste hotel ter wereld), in Zürich, Lausanne, Venezuela en Cannes. Hij deed het op al zijn Europese tournees met Fats Domino. En op de Kluisberg. Er waren nog geen drie noten gespeeld of er stond al volk onder de glitterbal te dansen, of ze daar nu met het eten waren of niet. Rock and Roll! Soms met nog een stukje krabbenpoot halvelings bengelend uit de mond, waarschijnlijk postuum graaiend naar de zee, spoedden vrouwen met opengesneden jurken zich naar de dansvloer. Er werden benen in de lucht gesmeten en hoge hakken gebroken. En ondertussen zag je kleine kinderen verdwaasd naar hun eigen ouders kijken omdat deze hen nog met vaak harde hand hadden geleerd stil te blijven zitten aan tafel. Geheel proefondervindelijk ben ik ook eens met nog een volledige aardappel in mijn mond gaan shaken: je moet het daar voor hebben, het vraagt een gans andere invulling van het begrip 'dans'. Waar je ook keek was er beweging: obers in de weer met flessen, op en af dravend met borden, mannen op zoek naar een danspartner die dan ogenblikkelijk haar mes en vork weer neerlegde en zich zonder morren bij haar middel liet nemen en de rivierkreeftjes tussen slokdarm en maag liet klotsen op de muziek. Kauwen op je voedsel zat er hier niet in, hoe vlugger men dat victoriabaarsje achter de huig had, hoe eerder men in de flikkering van het discolicht stond. Meer dan eens zag ik iemand het hoesje van een cd uit zijn kostuumzak diepen en ermee naar Bobby stappen om het te signeren, nu het nog kon. En vaker nog zag ik iemand de garnaalsaus in de gauwte van z'n lippen vegen, opveren, en de tafel op een haar na omver stoten bij het horen van een geliefkoosd lied.

Het leven speelt zich af tussen de soep en de patatten.

BENEDICTUS

De kelder rode wijn werd naar boven gehaald, de jongste aanwezigen kregen een fopspeen in hun mond gepropt en werden op de armen van hun dansende moeder in slaap gewiegd. Het grut dat de luiers was ontgroeid en hier vanavond al zoveel had gezien dat het zich voornam zich voor eeuwig en altijd van de volwassenen te distantiëren, had in de toiletten een interessante speelplaats gevonden waar het zich niet moest bekommeren om de bemoeienissen en de schaamtelijkheden van z'n bloedeigen ouders. Kinderen van negen moet je niet meer leren hoe ze zich moeten amuseren, zij plukken een kerstbal uit de dennenboom en slaan daarmee aan het voetballen, de Waalse jongens tegen de Vlaamse jongens, en de deur van de middelste mannen-wc is de goal. Vliegende keeper, voor het kleinste vergrijp een penalty.

Kerst is een familiefeest; per glas haalde ik de banden met mijn schoonvader nauwer aan en voelde ik mij steeds sterker geaccepteerd en een idealer schoonzoon, blijkens de meppen op mijn rug. Wij zijn dikke maten, patat.

Bobby was in zijn element, daarover waren alle kenners het eens, en honkvaste fans beweerden zelfs dat ze hem in gans zijn indrukwekkende carrière zelden zo wild hadden zien tekeergaan als nu. Hij speelde er nondedju niet naast, snel en hard. Alsof hij er de wereld met klem op wou wijzen dat hij het nog altijd kon, niet afgeschreven was. Sinds Tina Turner werd het dan ook moeilijk om je als muzikant op je zestigste als een gepensioneerde te gedragen, je krijgt dat niet meer verantwoord aan je publiek. De laatste dagen van december proberen radiostations ons te laten geloven dat er in de hele muziekgeschiedenis geen beter lied dan 'Smells like teen spirit' van Nirvana werd geschreven, maar Bobby en zijn trawanten komen met Will Tura uit de kast, Roy Orbison, Kurt Weill, Elvis Presley, Gilbert Bécaud en de 'Ketchup-song' en weten diep vanbinnen dat zij voor geen enkele ster uit geen enkele 'top-100-aller-tijden' hoeven onder te doen. En Bobby mag dan met zijn band de halve wereld hebben rondgereisd, hij loopt niet naast zijn schoenen: zo nu en dan bekroop een van de aanwezigen de lust om zelf eens een lied te zingen en dan stond Bobby met plezier zijn micro af. Als ik in huis loop te stofzuigen, dan droom ik er wel 'ns van samen met Tom Waits of met de Tindersticks op het podium te staan, maar ik ben er vrij gerust in dit nooit aan mijn idolen te moeten vragen. Bobby Setter had daar dus geen problemen mee en begeleidde een dolgelukkige veertiger die 'My Way' van Frank Sinatra zong in een Engels dat je vooral op Franse en Spaanse campings hoort. Maar kijk, hij zal het later zijn kleinkinderen wel kunnen vertellen nog samen met die legendarische band zijner dromen te hebben gezongen en laat ons daar toch maar schoon het nakijken.

Twaalf uur was het, overal te lande staken pastoors met een perfect gevoel voor timing een kelk in de lucht en hieven koren het magnificat aan, en alle leden van de Bobby Setter Band zetten een kerstmuts op hun kruin en speelden 'Silent Night'. Iedereen zoende iedereen, wenste elkaar een zalige kerst, en smeet zich in de ambiance als betrof het een generale repetitie voor oudejaar.

De kalkoen, die was toen dada. Wij droegen hem ten grave in onze magen en dekten zijn kadaver toe met crême au beurre.

'Trek het je niet aan, jong, het was de martini,' zei ik tegen mijn schoonvader bij wie ik ondertussen in een beter blaadje stond en die nu de mannentoiletten had ondergekotst. 'Dat kan iedereen overkomen', en dat meende ik maar al te zeer. De kalkoen was nog herkenbaar, misschien had hij toch wat beter op zijn eten moeten kauwen. Dat beest was nu helemaal voor niks geslacht, en dat kostuum zou toch ook naar de stomerij moeten. Ik zag de kinderen denken: 'Die meneer heeft overgegeven in het doelgebied, dat is een penalty!', maar daar waren zij vet mee, zij moesten nu een ander speelhoekje opzoeken.

'Aha,' erlebte ik, want ik ben ook nog zo een kind geweest.

Mijn schoonmoeder was met rollen toiletpapier in de weer, ik begeleidde mijn schoonvader naar een stoel, en ondertussen hield mijn geliefde een leeg plastic bakje van het IJsboerke onder de ongelukkige zijn kin, voor de zekerheid. Zo worden stevige banden gesmeed. En zo gleed de Bobby Setter Band uit mijn leven, want het zag er niet naar uit dat mijn schoonpa zich deze nacht nog zou kunnen amuseren. Ik zal nooit kunnen vertellen hoe Bobby afscheid van zijn beminde publiek op de Kluisberg nam, hoe geëmotioneerd hij was, en wat zijn keuze voor zijn allerlaatste lied. En mijn enige kans om door docklegende Roger naar huis te worden gereden was bij dezen ook verkeken.

Buiten op de parking hoorde ik nog uit de verte en gedempt het prachtlied 'Dat heet dan gelukkig zijn'.

COMMUNIO

Ik naast mijn schoonmoeder. Zij aan het stuur, tegen vijftig per uur. Ik copiloterend. Op de achterbank mijn bijzonder stille schoonvader, en zijn dochter met een plastic bakje van het IJsboerke in de hand. De wegen zijn leeg tijdens een nog vroege kerstnacht, bevreemdend en onwezenlijk. We reden langs huizen waar gezelschapsspellen werden gespeeld, de cognac nu pas ter tafel kwam, grootvader zijn jaarlijkse sigaar opstak. Dit was het uur waarop in het hondenhok de botjes van de kalkoen over de draad werden gesmeten. Het raampje werd naar beneden gedraaid, de zuurtegraad in de wagen daalde, en in weemoed onverklaarbaar voer langs het open raam een heel oud kerstgevoel mijn kleren binnen.

Arachniden en hun omgang met lipiden

Mijn moeder had een zeer Vlaamse en poëtische smaak wat mannen betrof, hoewel ik mij kan voorstellen dat ze dat zelf moet hebben betreurd. Op vrijersvoeten sloeg ze steeds een postbode aan de haak. Vijf postbodes zijn er aan mijn vader voorafgegaan, hij was de zesde facteur in haar leven, en diegene waardoor zij haar lotsbestemming eindelijk leek te hebben aanvaard. Tien jaar en een hoop aframmelingen later hertrouwde ze met een kermiscoureur uit het op alle vlakken ontgoochelende geslacht van de familie Bloemkool. Hij gebruikte parfum.

En daar zat ik dan ineens, met mijn tot over haar oren verliefde moeder en haar kermiscoureur, op de vierde verdieping van een appartementje. Hij werkte 's nachts in een ongezonde fabriek, en wanneer mijn moeder overdag de was en de strijk van rijke mensen deed, zat ik thuis alleen met die wildvreemde man opgescheept. Geen woord kreeg hij van mij, zo loyaal was ik wel ten opzichte van mijn vader. Dus leefden wij gezellig naast elkaar, hetgeen ik veel mensen nog steeds kan aanraden. Terwijl ik mijn huiswerk aan de keukentafel maakte, haalde hij zijn koersfiets uit de slaapkamer, ja, uit de slaapkamer, en reed hij in de living op rollen om zich te trainen voor zijn volgende wedstrijd. En hij meende het. Als ik opkeek van mijn boeken zag ik een knalrode van het zweet druipende fieselemie voor mij. Er lagen keukenhanddoeken in zijn nek waarmee hij met steeds grotere regelmaat zijn gezicht droogdepte. Naast hem stonden op de tafel flessen water waar hij aanvankelijk onsmakelijk van zoop, maar die hij na enige tijd gewoon over zijn hoofd kieperde. Net echt. Als mijn moeder wel thuis was ging zij weleens liefdevol door zijn tronie met een drijfnatte spons, dat was ook beter voor het tapijt, maar ikzelf mocht er niet aan denken dat stukje kermiscoureur te verfrissen, tenzij dan met een vuile dweil. Belachelijk vond ik die man, hoe hij tegen vijftig per uur stilstond in de kamer. Hij trappelde alle grote klassiekers ter plaatse, en nooit eens in de wind, nooit eens in de regen. Fietsen op rollen maakt ook onwaarschijnlijk veel lawaai, de hele flat daverde, de naald zwiepte over zijn grammofoonplaat van Piranha die hij had opgelegd om zichzelf op te jutten. Dat de onderbuurvrouw driftig met haar bezemsteel tegen het plafond stond te bonken, daar trok hij zich geen lor van aan, onderbuurvrouwen hebben geen verstand van koers.

Een keer ben ik samen met mijn moeder gaan supporteren voor haar man. De kermiskoers van Wieze was dat, het meest Belgische dorp op aard, men fabriceert er pils en chocola. Reeds in de tweede ronde gaf hij op. De banaan in zijn achterzak was nog niet eens opgegeten. Dat was wat men noemde: een heuglijke dag. Ik vermoed dat hij niet aan het idee kon wennen bij iedere pedaalslag daadwerkelijk ook vooruit te komen.

De naam van die twee hun appartement was trouwens Residentie Champs Elysées, alleen al het gedacht!

Met koers op rollen ben ik sindsdien niet meer in aanraking gekomen, al heb ik de confrontatie ook niet opgezocht. Maar in mijn hart werd mijn vader weer op grote schaal met kermiscoureurs bedrogen toen ik vorig jaar in de sporthal van Lokeren ineens getroffen werd door het apocalyptische beeld van een hoop meisjes die allemaal naast elkaar op een hometrainer hun immer door calorieën geteisterde lijf zaten af te beulen. Om mezelf nadien te belonen met een trappist hees ik mij daar te Lokeren met mijn steeds reumatischer vingers omhoog op een klimwandje van niks, toen mijn aandacht werd getrokken door iets wat wordt gesleten voor muziek, en een hoop luidkeels kreunende vrouwen in het belendende sportzaaltje. Nieuwsgierigheid is het begin van intelligentie, nog geen vijf minuten later kleefden mijn vriend en ik met onze neuzen tegen de glazen deur van het bewuste sportzaaltje. En daar zag ik ze dus voor het eerst: die meute meiden, keihard koersend op een hometrainer, opgefokt door beats en een sadistische leidster die in haar microfoontje om harder en sneller schreeuwde. Een zweepje, daar ontbrak het haar nog aan. Het gekerm zwol aan, en ik herinner mij dat wij ons daar nog hebben afgevraagd of er wel zadels stonden op die dingen. Zeer goedkoop en laag-bij-de-gronds, ik weet het, maar wij hadden die reactie niet uitgelokt en de geschiedenis zal het ons wel vergeven. Navraag leerde mij dat deze nieuwe sportbeoefening door het leven ging onder de naam 'spinnen', iets wat poezen doen. Maar het duurde niet lang of die dames kregen het gezelschap van mannen. Week na week keek ik lijdzaam toe hoe de mens, dat zotte wonder der natuur, zich massaal op de hometrainer smeet. Ineens deed iedereen aan spinnen, overal te lande sneuvelden in onze muf ruikende sporthallen badmintonveldjes ten voordele van spinruimtes, het heeft er alle schijn naar dat aerobics eindelijk een opvolger vond. Onthoud mijn woorden, beste mensen en anderen, de nieuwe Jane Fonda is bijna opgestaan, nog even en wij zitten met onze hometrainer voor de teevee, aangemoedigd door de peptalk van een fietsende presentatrice. Kam uw haar en maak u klaar voor een nieuwe wereldorde, gans ons denken komt in de greep van afgetrainde konten, een sportieve dictator helpt dra uw lichaam aan de perfecte vormen. Als u dood bent voeren wij maar liefst twintig kilo minder aan de wormen. Uw buik, uw borsten en uw billen, in de ban van de spin.

Mijn toekomstbeeld werd onlangs nog scherper gesteld toen mijn schoonouders pardoes met een hometrainer voor de deur stonden. Cadeautje. Zij hadden met z'n tweeën al zo'n slordige zevenduizend kilometer op dat spel gereden en waren toe aan iets nieuws. Dus hebben ze zich een langlaufmachine gekocht, een gedrocht van een toestel, bestaande uit twee op en neer wippende skilatten en evenzoveel sticks. Het staat in de voormalige studeerkamer van mijn schoonvader, naast een grote poster waarop Zwitserse bergen staan afgebeeld. Daar langlaufen ze dus. 's Zondags na de obligate aardbeitaart acht mijn schoonmoeder het nodig haar vorderingen op de automatische latten te demonstreren en kijken wij bewonderend toe hoe zij met haar bijna zeventig jaar tegen zichzelf de Olympische Winterspelen van Vlaanderen wint. Ik heb er al aan gedacht een jachtgeweer op haar rug te binden, dat is waar, en een schietschijf te plaatsen in haar woonkamer, zo kan ze aan biatlon doen met de verwarming aan. Maar goed, feit is dat zij helemaal wild zijn van die langlauf, dat het uitstekend is voor hun fysiek, en zij ons hun oude hometrainer schonken. In onze garage staat hij nu, een stalen ros van het merk Sven. Naast de kapstok, tussen de bierbakken en het oud papier, niet bepaald de plaats om in je fantasie een peloton op tien minuten achterstand te fietsen. Het toestel beschikt over een boordcomputer die je snelheid weergeeft, en een ijzeren wasknijper om aan je oorlel te hangen die je hartslag meet. Een belastingsdiagram maakt er de renner op attent dat hij druk doende is te overlijden aan een hartinfarct, en een versnellingsapparaat laat je de keuze te beuken op vals plat of een col buiten categorie. Vooruitgang, we betalen daar tenslotte toch belastingen voor.

Omdat die hometrainer daar dan toch staat, ben ik er dus maar eens opgeklauterd toen ik alleen thuis was. In de kast vond ik ergens nog een korte broek, want volgens mij heeft het helemaal geen zin op dat ding te zitten als je 'r niet belachelijk uitziet. Het haar liet ik weliswaar op mijn benen staan, tenslotte heb ik er lang genoeg voor gespaard, maar voorts was ik er helemaal klaar voor. Het enige wat ik nog moest doen was een passend muziekje opleggen. Er is fantastische muziek op wielervlak: 'Van Impe gele trui', gezongen door Juul Kabas, of 'Van Impe wint de Tour', in 1976 door Tony de Moté op single gezet, of 'Freddy Maertens wereldkampioen' van de Carpenter Boys, of 'Eddy prend le maillot jaune' van onze Waalse vriend Pierre-André Gil. Keuze zat. Maar uiteindelijk koos ik voor de cd 'Tour de France', van Kraftwerk, die werkt op de zenuwen en zweept op. De geest van Tourbaas Leblanc telde af, quatre, trois, deux, un, en vertrokken was ik. In onze garage, tussen onze zakken met patatten en onze bakken bier, meteen het gashendel open, als een grote. Ik streed met open vizier, maar vroeg me na vijf minuten al af tegen wie. Verveling werd mijn deel, en ook al spoot het zweet uit mijn voorhoofd, ik had het gevoel geen meter vooruit te komen. Die garage bleef mij meer dan veertig kilometer achtervolgen, de kapstok zat voortdurend in mijn wiel en deed geen millimeter kopwerk. Hoe meer ik die garage er probeerde af te rijden, hoe zotter ik werd. Met succes, want na een uur keek ik op de boordcomputer om vast te stellen dat ik het werelduurrecord van Marcel Berthet uit 1913 met enkele meters had verbroken. Niet slecht voor een kettingroker. Okay, ik had zwarte vlekken voor mijn ogen, wel een ganse rorschachtest bij elkaar, en de rochels bleven maar in stromen komen, maar ik nam mij meteen voor het huidige werelduurrecord van de vrouwen te verpulveren, 46 kilometer en 65 meter, op naam van Leontien van Moorsel. Daarmee laat ik zelfs Fausto Coppi achter mij, en dat allemaal in onze garage. Het kwaad was geschied, ter voorbereiding op mijn grote triomf schreef ik mij in voor een sessie spinnen. Kon ik dat fenomeen eindelijk eens doorgronden.

'Is het voor conditietraining of fatburning?' vroeg de madam die mijn reservering opnam. Fatburning? Hebt gij mij al eens goed bekeken? Als ik een uur aan vetverbranding doe bakken mijn botten aan. Tweeënvijftig kilo, en dan heb ik nog mijn kousen aan.

Conditietraining dus.

In de kleedkamer van de mannen werd ik zenuwachtig en kreeg ik al spijt van mijn beslissing toen ik al die beenspieren vol opgeklopt eiwit zag. Dit waren geen beginnertjes, zoveel was wel duidelijk. Ze sprongen zonder onderbroek in een koersbroek met een ingelegd zemen vel en hun benen blonken van geluk bij de gedachte aan de nakende marteling. Ze deden al dan niet in competitieverband aan moutainbike, kwamen tweemaal per week spinnen, en reden vaak nog met de wielerclub een quotum kilometers bij elkaar waarbij ik spontaan tegen mijn voorhoofd tik. Vol ongeduld stonden ze te wachten tot de vorige groep de zaal verliet. Dat zou nog zo'n tien minuutjes duren, ruim voldoende voor nog een smakelijke sigaret, dacht ik. Eddy Merckx was ook een roker, ik zal dat blijven herhalen, maar het ministerie van Volksgezondheid staat niet achter het idee om zijn palmares af te drukken op de pakjes tabak. Daar zijn die pakjes tabak trouwens veel te klein voor. Maar spinners kennen hun helden niet, zij weten niet dat Peter Winnen (koning van Alpe d'Huez) niets liever deed dan languit op zijn bed zes sigaretten na elkaar te paffen, zoveel kon ik wel opmaken uit hun afkeurende blikken.

Meteen nadat de vorige groep de zaal verliet, holde de meute naar binnen, stelde het zadel van de veroverde hometrainer af, en draaide rondjes ter opwarming, zoals de aarde tegenwoordig. Wat ik dus ook maar deed. Ik had trouwens een gans andere invulling van het begrip 'opwarmen'. Toen de leidster arriveerde, zag ik reeds gedeeltelijk scheel van de inspanning omdat ik het tempo van mijn buurman had proberen aan te houden. Maar ik had in ieder geval een hometrainer op de laatste rij veroverd en kon me wegstoppen achter de rug van de streber voor me, kwestie mij van enige publieke vernedering te vrijwaren.

'Zijn er nieuwelingen bij?' vroeg de leidster, de spindokteres van dienst. Lap, weg mijn onzichtbaarheid. Ik stak mijn hand op terwijl ik bleef trappen, zo een beetje alsof ik net was lek gereden en ik mijn ploegleider om een nieuwe fiets wenkte.

'Welkom in de groep. Maar je hebt een beetje pech,' zei ze, 'toevallig is het net vandaag een hele zware les. Maar als je niet meer kan volgen hou je gewoon je eigen tempo aan, er is niemand die je zal aankijken.' En omdat ze dit in haar microfoon zei, keek iedereen me aan. Ik voelde alle ogen gericht op mijn simpel trainingsbroekje dat ooit eens helemaal pluizig uit de wasmachine is gekomen, en de eenvoudige sportschoentjes die ik gekocht heb om er het gras mee af te rijden zodat ze groen zien en opgedroogde sporen van kattenstront vertonen. Laat ze maar kijken, dacht ik, we zullen het zometeen uitpraten met onze benen, wacht maar af. Omdat zij nu voor ieder facet van hun leven een apart paar schoenen hebben, ik ben verdomme toch de vrouw van Ceauşescu niet.

De spindokteres legde het soort muziek op waarvoor ik had gevreesd, en droeg ons op om zeven minuten aan tachtig procent van ons maximum te rijden. Je trekt je leeftijd af van het getal 220, en dat getal is dan je maximum wat hartslag betreft. Moest ik hier nog aan wiskunde doen ook. Zeven minuten die ik moest koersen met een hartslag van, snel de regel van drie, derde leerjaar, gedeeld door honderd maal tachtig dat is euh... Wablieft? Een hart van 151 paukenslagen per minuut? Zeven minuten aan een stuk? En dat om te beginnen? Ik haal dat makkelijk als ik naar mijn lief kijk, maar op een fiets ligt dat toch lichtjes anders. Afijn, ik liet mij niet kennen, alsof er hier iemand was die mij zou willen kennen, en reed mijzelf te pletter tegen een muur van cardiogrammen. Het was ongetwijfeld een slecht idee van mij geweest om die avond thuis eerst nog frieten te hebben gegeten, lekkere verse, en toen ik ze weer naar boven voelde komen hadden ze al veel van hun lekkerheid en versheid verloren. Ondertussen was ik ook al eens uit mijn pedalen geschoten, en had daarbij vastgesteld dat het onmogelijk is je benen onmiddellijk stil te houden. Die pedalen blijven maar draaien eens jij ze in gang hebt geduwd, je benen zijn de slaaf van hun omwentelingen. Waardoor mijn ene uit de pedalen losgeschoten been als een lasso in de lucht slingerde, terwijl het andere been gewoon verder rondjes draaide.

Na die eerste demarrage mochten we eindelijk onze hartslag laten zakken tot aan de ondergrens, te zeggen veertig procent van ons maximum, om dan langzaamaan weer onze snelheid op te bouwen. Ik zat voortdurend aan het versnellingsapparaat van die hometrainer te prutsen, wat mij weer met de neus op het feit duwde dat ik twee linkerhanden heb. Als ik niet oplette had ik straks nog die machine gedemonteerd. De weerstand van die hometrainer moest worden verhoogd, want zodadelijk gingen we bergen beklimmen. Verzonnen bergen, vier minuten op de Mont Ventoux. Als ik mij nou maar niet ging vereenzelvigen met Tommy Simpson. Wat zouden ze trouwens doen als ik subiet een hartstilstand kreeg? Er is in gans België geen biljartvereniging meer te vinden waar men zich kan inschrijven zonder eerst een getuigschrift van de huisarts te hebben voorgelegd, maar hier jagen ze je hartslag naar een hoogte van 180 bonzen per minuut, zonder eventueel te weten dat je in leven blijft dankzij de installatie van varkensklep. Geen enkele verzekeraar zal bereid zijn de droogkuis van mijn eigen begrafeniskostuum te betalen.

Net op tijd kreeg ik mijn hometrainer in de 'bergstand' en zette ik mij net als iedereen recht op de trappers. En danseuse, Richard Virenque, in het zadel, uit het zadel, in het zadel, weer uit het zadel, zo pakken we de bolletjestrui. En die muziek ondertussen maar lelijk zijn.

Onnozelaars, dacht ik terwijl ik met mijn tong zo ongeveer tussen mijn tenen zat. Hoelang bestaat de hometrainer al? Al langer dan de kruimeldief. Nu heeft daar ergens een snode poenjager dat toestel heruitgevonden en moet iedereen zo nodig mee met de mode. Je kan dat toch thuis doen, alleen, in je garage? En als je graag fietst, ik bedoel fietst, waarom fiets je dan niet? Nu zitten we in een spiegelzaal, met zicht op onze eigen bezwete en in mijn geval overigens lijkbleke kop, de bevelen uit te voeren van een meisje dat ons met gemak de dood in drijft. Want als zij vraagt om harder, dan rijden wij harder. Befehl ist Befehl. Die kerel in de hoek reed op nul procent van zijn verstandelijke maximum en spurtte alsof zijn leven ervan afhing. Kom mij niet vertellen dat dit nog gezond is zonder epo.

Ik keek naar mijn buurvrouw, en naar haar vlotte tred. (Daar zat een wuf dat spon.) Ze had zoals bijna iedereen hier een handdoekje op haar stuur gelegd. Ik wou het met haar op een akkoordje gooien, zij de overwinning en ik het geel. Ze keek me aan alsof ik iemand had doodgedaan, en toen pufte de spindokteres in de microfoon. 'Het gaat blijkbaar niet hard genoeg, er zijn er hier nog die tegen hun buur kunnen praten, komaan, iedereen naar honderd procent van zijn maximum.'

Ik had het weer gedaan, met die pedalen had ik de tijd zoveel jaar teruggedraaid en zat ik plots weer in de klas de schuldige te zijn. Ergens links van mij keek een afgepeigerde vrouw me verwijtend aan. Ze was fors gebouwd, te fors om goed te klimmen. Haar tronie deed me denken aan die van Zoetemelk, wat ik wijselijk voor mezelf hield. Wielrennen is schadelijk voor de hersenen, dat is genoegzaam bekend; Tim Krabbé vond in het zadel de zotste woorden uit. 'Batüwü Griekgriek' en zo. Waar dachten al die anderen ondertussen aan? Vonden zij ook woorden uit, de uitslovers? Of deden zij aan spinnen om eindelijk eens een uur zonder gedachten te zijn?

Een uur waarin ze de kracht niet hadden om eraan te denken of alle muntstukjes wel uit de zakken waren gehaald van de broek die in de wastrommel zat, een uur waarin ze er niet aan dachten wat er morgen weer op het bord moest worden gegoocheld, een uur waarin er geen ruimte was voor nog te betalen rekeningen of op te voeden kinderen. Een uur in het zuur.

De volgende veertig minuten kunnen als volgt worden samengevat: ik trapte. In de Ronde van Frankrijk kon je tenminste nog naar zonnebloemen kijken. En wielercommentator Michel Wuyts zou bij het zien van deze taferelen niets beters te doen hebben dan de kijker te vertellen in welk restaurant hij gisteravond gegeten heeft, en met welk verrukkelijk wijntje hij zijn streekgerechtje heeft doorgespoeld.

Nog zeven minuten. De leidster zei het, schreeuwde het. Nog zeven minuten klimmen, de laatste beetjes uit ons lijf persen, recht op de trappers, de handen vooraan op het stuur. Zonder daar 'alstublieft' aan toe te voegen. 'Komaan, iedereen zijn ogen dicht en stampen maar!' En daar, zo halverwege die verzonnen berg, met de eindmeet al in zicht, schoot er een gigantische kramp in mijn linkerkuit. Je kon het zelfs zien hoe die spier zich oprolde en steeds hoger in de richting van mijn knieholte bolde. De dikte van een tennisbal. Daar waren ook mijn frieten weer, met mayonaise en al. Hoe hard ik ook mijn been schudde, hoe ik er ook in kneedde, ik kreeg die kramp niet weg. Mijn tenen tevergeefs gestrekt en wijd uit elkaar gezet. Aan warme bubbelbaden gedacht. Aan de honger in Afrika gedacht om mijn eigen leed te relativeren. Magnesiumtekort, maar je bent weinig met zulke weetjes op dat moment. Er zat niets anders op dan te wachten. Waar bleef die verrekte bezemwagen? Ik liet mij rustig uitbollen en was tevreden dat ik nog leefde.

We waren al met z'n allen stretchoefeningen aan het doen toen de leidster reclame maakte voor de bijzondere spinbeurt van 26 december. Combi-spin, een mengeling van doortrappen, vetverbranding en buikspierballet. Anderhalf uur leed voor de prijs van 1. Om te ontnuchteren van de kerstfeesten.

Dat is het natuurlijk, het spinnen is in wezen een calvinistische sport. Het idee dat erachter zit is dat je jezelf moet straffen voor ieder beleefd genot. Heb je een praline gegeten, dan moet je een half uur op de rol. Voor ieder glas te veel en voor elke overbodige calorie dient men zichzelf te pijnigen. Een uur tortuur. En wie een praatje maakt met zijn buur mag nog een tandje bijsteken. Geef mij maar de gezelligheid van een fietstocht door een landschap zonder spiegels, zodat ik niet mezelf maar de omgeving bewonder. Met een paar vrienden enkele Ardense bulten op, met een regelmatige tussenstop ter hoogte van een tafel vol trappist, om dan met een snor van schuim te klagen dat er in België geen echte wielerkampioenen meer zijn. Leontien van Moorsel mag haar werelduurrecord houden, zij is daar tenslotte heel gelukkig mee.

Serendipiteit voor beginners, sterven voor gevorderden

Ik kan me niet voorstellen dat ik ooit een limerick zal schrijven. Ik had het wel gekund indien ik een inwoner van Zwankendamme was. 'Zwanken', tussen 'zwangerschapszorg' en 'zwans' in het woordenboek, synoniem voor waggelen en wankelen. En al dat alles afgedamd, een prachtig woord is dat. Met die prachtige matte a's van 'achterklap'.

Niemand belandt toevallig in Zwankendamme, je moet al een heel grondige reden hebben om erheen te gaan. En die had ik. Naar aanleiding van een thematentoonstelling over tweelingen zou ik een stukje over dit bizarre onderwerp plegen voor de krant. Ergens had ik het gerucht opgevangen dat er zich in dat West-Vlaamse dorp een liefdespaar bevond met een productiviteit van maar liefst acht tweelingen, en het was niet onbedenkelijk dat dit een leuke reportage zou kunnen opleveren. Al hield ik er rekening mee dat mensen van iedere vinger een arm maken en dat het waarschijnlijk om slechts vier tweelingen zou gaan. Wat ook al voor veel lawaai moet zorgen aan tafel. Nou ja, *slechts...*, ik ben immens gelukkig dat ik al dat leven er niet moest uitpersen. Ook de moeders in mijn vriendenkring die ik over het Zwankendamse wonder vertelde, vertoonden een mondopening van negen centimeter, een vuistdik pekzwart gat van verbazing, en ongeloof. Kon niet. Niemand geloofde dat je vier, laat staan acht tweelingen kon baren, dat moest zodanige verzakkingen opleveren dat al de ingewanden van de ongelukkige moeder in kwestie over de grond sleepten.

Er was eens een vrouw in Zwankendamme
Die geen tijd had om haar eigen haar te kammen
Gezien ze zestien kleine mannen schiep

Zodat ze meermaals pissig riep:
'Ik heb verdomme veel te weinig mammen.'

Het plan om iets over die tweelingen te gaan schrijven bleef liggen, het onderwerp kreeg me maar niet het huis uit getrapt. Tot de telefoon ging. Telefoons na elf uur 's avonds rinkelen niet, ze luiden. Tegen de tijd dat je de hoorn beetpakt heb jij je er al bij neergelegd dat niets nog zijn zal zoals het was. Maar het was een informant van de krant, die kent geen uren, met concrete informatie. Louise De Jonghe was de moeder van het kroostrijke gezin. Ei- en oorsprong. En de man die haar al die pakjes in duplo had bezorgd heette Louis Cardon. Louis en Louise, je moet het al enorm verknallen wil je met die namen geen tweelingen verwekken. Volgens mijn informant zou het trouwens niet om acht, maar om twaalf tweelingen gaan. Een vrouw als een rivier, een vierentwintigsprong. Ongetwijfeld een wereldrecord. In het Guinness Book of Records (millenniumeditie) vond ik nergens het wereldrecord tweelingen-ter-wereld-brengen terug. Wel weet ik wie de kleinste tweelingen zijn, wie de grootste, en wie de zwaarste. Ten tweede stijgen volgens mij m'n kansen bij Trivial Pursuit nu ik weet dat ene Italiaanse dokter Montanino ooit vijftien foetussen heeft geteld tijdens één en dezelfde dracht, maar dat het record levend geboren meerlingen voorlopig op zeven staat. (De muur van tien heb ik nog weten breken, zij het dan op de honderd meter. Zullen er nog bloemen op mijn graf staan wanneer ook een vrouw er zich met een meervoudige worp lossendoor boort?) Op dezelfde pagina las ik dat iemand in 1922 een hikbui kreeg die pas in 1990 ophield, net op tijd opdat zijn laatste woorden op zijn sterfbed niet 'hik' zouden zijn.

Een mens mag zichzelf gelukkig prijzen wanneer hij geen enkel wereldrecord op zijn naam schreef.

Een Aalstenaar op weg naar Zwankendamme, dat is een reis van het begin naar het einde van het alfabet, een rit over elke keerkring van mijn mooie moedertaal. Bovendien ligt er wel een wegenkaart in het handschoenkastje van de wagen, maar ontkent die onopvouwbaar geworden papieren accordeon het bestaan van dit dorp. Is het wel een dorp? Tussen Lissewege en Zeebrugge beweert een oud vrouwtje in elk geval van wel. Zoals zout een beenham beter conserveert, zo neemt de Noordzeewind haar vel al een jaar of tachtig in bewaring. Het is een schatting, niet eens zo'n ruwe. De zee geeft vis, de zee neemt vissers. En terwijl haar armen me molenwiekend de weg naar Zwankendamme voorrijden, slaat mijn fantaseerzucht op hol, zie ik in haar de weduwe van een schipper, wachtend op een weerzien. In haar mond smaakt elke sprot naar God. Ik heb dat nu eens altijd, dat ik uit de nabijheid van de zee verhalen zeef, zodanig dat ik haar wegomschrijving maar half en half in mij heb opgenomen en pas na het nog vier keer ergens te hebben gevraagd Zwankendamme vind.

Al tref ik er nergens de verkeersborden F1 en F43 aan die dat kunnen bevestigen. Richting Zwankendamme priemt geen enkele wegwijzer, ik heb er tenminste geen gezien. Dan maar nog eens de oude methode: raampje naar beneden draaien, een fietser de stuipen op het lijf jagen door traag naast hem te rijden, schreeuwend: 'Excuseer, weet u soms Zwankendamme liggen?'

'Meneer, dit ís Zwankendamme.' Bij deze is er geen twijfel meer mogelijk.

Wanneer een dorp een dorp is omdat het een kerk, een café, een bakker en een beenhouwer heeft, is Zwankendamme een dorp. Bovendien tref ik er een winkel aan die uitsluitend boormachines te koop aanbiedt, wat kunt u nog meer verlangen. En er is een hondenschool, maar dan een voor honden. Wie een beetje de meditatietechnieken onder de knie heeft moet erin slagen in leven te blijven zonder ooit één keer dit dorp te verlaten. Het centrum, voor zover je niet kan stellen dat de volledige oppervlakte van dit gat het centrum is, wordt beheerst door de twee pijlers van het negentiende-eeuwse bestaan: de kerk, en een fabriek. Ora et labora. De kerk, waar ze het eeuwige leven maken. En Glaverbel, waar ze spiegels maken. Het is te schoon om waar te zijn, het dorp waar twaalf tweelingen uit dezelfde schoot kropen, wordt beheerst door een spiegelfabriek! Afijn, het wordt tijd om mijn zoektocht te beginnen, het kriebelt opeens. Moeilijk kan dat niet zijn, als ik aan iedere deur in dit dorp zou aanbellen kan ik over anderhalf uur mijn klus al geklaard hebben. Maar het betere veldwerk begint, zoals elkeen weet, altijd op café. Het lokaal van de socialisten, recht tegenover de kerk. Staatsieportretten van voetbalploegjes aan de muur, trofeeën, een rode roos. Maar geen klanten. De uitbater speelt als bezeten op een of ander computerspelletje, hij wil de monsterscore van die machine de hoogte in zodat zijn klanten nog meer gebeten zouden zijn om op dit kastje te spelen. En hij is goed op weg om dat record scherper te stellen, dus zeker niet het moment om zijn joystick te lossen en drank te schenken. Maar hij heeft een vrouw, en die deugt ergens voor.

Van een huishouden tweelingen heeft de waardin geen weet. En de pastoor moesten we het ook niet vragen, zegt ze, die heeft alleen maar oog voor de zigeuners. Maar Francis, die woont al gans zijn leven hier, hij weet alles, vertegenwoordigt in persoon de complete geschiedenis van Zwankendamme, zit in alle mogelijke verenigingen en comités. Recht tegenover dat grote appartementsgebouw woont hij, nummer 110, of 112, daar ergens omtrent. Een groot appartementsgebouw, dat telt in Zwankendamme nog drie verdiepingen. New York staat, Zwankendamme ligt. Aan het Boudewijnkanaal, weggemoffeld achter de dokken, geflankeerd door de industriële gotiek van een verlaten en een door onkruid overwoekerde fabriek. Cokes. Een stalen reus, ontworpen om lawaai te maken, roestig en stil. Dit dorp werd kunstmatig uit de grond gestampt voor de arbeiders, je merkt het aan de cité (bouwjaar 1924), die gemaakt moet zijn voor het werkvolk dat in de Zeebrugse haven ging zwoegen in de daar ooit zo befaamde glasfabrieken. Wonen onder de schouwen van je broodheer: nooit in de file staan, de patatten thuis zijn nog niet volledig afgekoeld als je overuren moet maken. 751 mensen wonen er nu nog, onder wie Francis, maar hij geeft niet thuis. Of doet niet open voor iemand die hij stiekem vanachter zijn gordijn gadeslaat en van wie hij zeker weet dat die hem met Jehova om de oren komt slaan. Ondertussen is het beginnen regenen, zo'n regen die vraagt om erin te gaan wandelen.

De Rotterdamse auteur Bob den Uyl beweerde ooit dat je met een plank van vijf meter lengte in staat moet zijn om dwars door België te lopen zonder ook maar één keer met je voeten de grond te raken. Voor Zwankendamme gaat deze theorie zeer zeker op. Het ene huisje is er tegen het andere geschurkt, met tuintjes vol koterieën, tillen en oergezellige bouwovertredingen. Er is een in rode bakstenen opgetrokken feestzaaltje achter de kerk. Wie hier trouwt houdt hier zijn feest, wie zijn communie doet mag hier het ijslam de nek afsnijden. Hier zullen jouw vrienden een tas koffie en een pistolet met hesp nuttigen nadat ze jou hebben begraven. Naast het zaaltje staan de woonwagens van de zigeuners, met schotelantennes waarmee je nieuwsberichten uit een ander melkwegstelsel kan ontvangen. Hun was hangt te drogen, onderbroeken als gebedsvlaggetjes. Een eindje verderop speelt een twintigtal ouderen petanque. In de regen. En zonder een fles pastis. Wat misschien wel een geestig spelletje voor bejaarden, maar uiteraard alles behalve petanque is. Ze zeggen dat ze trainen, want iedere maandagavond is het match. Bij sommigen heeft de leeftijd zich al op de ruggenwervel vastgezet, zij tillen hun loodzware ballen op met een magneet. Francis staat er ook, de dikke larve in zijn mond is een sigaret, hij moet er al een ganse dag aan zitten zuigen.

Tegen 's avonds bengelde de peuk daar donkerbruin
En slapgesabbeld aan de accolades van zijn lippen.
Hij ging ermee kaarten in De Posthoorn,
Hij ging ermee drinken in De Kring
En bleef voortdurend op datzelfde vodje sjieken
Dat als een oude penis naar beneden hing.

Maar dat is natuurlijk geen limerick. Tijd kastijdt: Francis' gebit doet denken aan een verlaten cokesfabriek, hij stelt het helemaal bloot aan de wind wanneer ik hem zeg dat ze in het café beweerden dat hij de man is die ik zoek, de wandelende gazet. 'Wat zoekt ge zegt ge, tweelingen? Hier zie, hier hebt ge al een stuk van een tweeling', en hij wenkt een man wiens bal net buiten de lijnen werd geketst. Hij heeft dan misschien de eenzaamheid niet bij zijn geboorte meegekregen, hij is niet het stuk tweeling dat we zoeken. Er volgt een opsomming van namen en bijhorende adressen, huizen waar tweelingen wonen. 'Je moet daar eens aanbellen, in nummer tien... Twee schone meiskes, zestien jaar oud, ook een tweeling. Of ginder, in nummer achttien. En daar, in nummer zesenzestig, het huis met de groene gordijnen.' Iedereen loopt hier over de tong van iedereen, je moet lef hebben om hier overspel te plegen. En vooral heel veel talent om het verborgen te houden. Het leven heeft hier zijn eenvoudige logica, te reduceren tot een wiskundige formule van 1 symbool.

Of hij de Cardons weet wonen?

'Cardon? Welke Cardon? De helft van het dorp heet hier Cardon.'

Louis ligt allang onder de grond. Maar het klopt wat ik zeg, als hij uit zijn broek stapte was het negen maanden later prijs. Een klaslokaal kon je vullen met zijn kinderen, iedere avond moest er een volledige koe op tafel, en daar zette inderdaad een aantal tweelingen hun mes en hun vork in, hoeveel precies weet hij niet. Maar van die kinderen lopen er niet te veel meer op de aardbol, en er zijn er een hele hoop uitgezwermd naar waar het leven rapper moet, naar waar wiskundige symbolen zijn verheven tot een veel te veelste macht. Juliette, een dochter, zij woont hier nog. Jaja, hij kent haar adres.

Ze zal wel een broer hebben gehad die Julien heette, denk ik op weg naar Juliette. En een Julia als zus. Wat ik het liefst zou zien van een gezin met twaalf tweelingen? De kleerkast!

Juliette doet niet open, maar ik ken die truken van de foor, en bel nog eens. Alleen vreemden bellen aan, meer bepaald sinds de uitvinding van de achterdeur. Uiteindelijk steekt ze haar hoofd tussen het gordijn en het raam. Nee, ik verkoop geen stofzuigers en ben geen Getuige van Jehova, ik kom niet Driekoningen zingen, leur niet met kaarten van het Rode Kruis. Ik voel geen aandrang u te vermoorden. Het is dubbele beglazing, gans Zwankendamme luistert mee. 'Ik ben van de gazet, madam, en schrijf een artikel over tweelingen. Zou ik een paar minuutjes van uw kostbare tijd mogen bezigen voor een paar vraagjes?'

Wanneer er vroeger bij mijn grootmoeder een journalist over de vloer kwam om te vragen hoe het was om een zoon in de gevangenis te hebben, dan kreeg die man nog eerder een tas koffie dan een antwoord. Zelfs de deurwaarder kon altijd rekenen op een dampende mok, en hij kreeg er nog speculaas bij ook. Het laatste wat ze dan ook het huis uit sleepten was de thermos, wij wisten wat we deden. Toen die zes politiemannen mijn vader kwamen kalmeren, zouden wij ons persoonlijk beledigd hebben gevoeld als ze niet eerst van onze koffie hadden geproefd. Die tijden komen nooit meer terug, Juliette laat mij droog staan en wekt niet de indruk mij veel aan de neus te willen hangen. Maar het is niet nodig veel woorden aan mij vuil te maken, ik mag mijn blocnote in mijn binnenzak laten zitten: ze waren weliswaar met twintig thuis, met de moeder en de vader erbij een gezin van twee voetbalploegen, maar daar waren maar twee tweelingen bij van wie twee telgen niet ouder zijn geworden dan vier. Juliette was het kakenestje, en moet bekennen de meesten van haar broers en zussen niet eens te hebben gekend. Een vinger, een arm. Daar gaat mijn verhaal. Probeer het positief te zien, Verhulst, je bent er eens mee buiten geweest.

Ik verlaat het huis van Juliette. Ze kijkt verdwaasd als ik haar bedank en mijn rechterhand aanreik. Misschien is ze ontgoocheld. Er moet een leeftijd zijn waarop men voor geen enkele vreemde nog de deur opent, uit angst toch niet vermoord te zullen worden. Sommige desillusies kunnen je maar beter bespaard blijven.

Mijn koffietje drink ik een kleine twintig minuten later, aan de andere kant van de oude cokesfabriek. In een wijk die wordt gewurgd door een steenweg van een haast klassieke lelijkheid. Dit is al Zeebrugge. 'Schip otel', de letter 'h' viel weg. Verdwijnen doe je nooit in één keer, maar in kleine beetjes. Dat is wat ik altijd bij de tandarts denk terwijl de slijmzuiger niet hard genoeg staat. Acht tanden al ben ik gestorven, het schiphotel een letter. Om het langst? Neen, ik durf niet.

Ik drink mijn koffie op de plaats waar eens een biljarttafel stond en voel mij ineens zoals ik dat twintig jaar geleden deed, toen ik nog aan veldlopen deed, en in een triestige kantine de jongen die op twee seconden voor mij eindigde een medaille zag krijgen. Ik vertik het te willen achterhalen waarom dat gevoel mij net nu overvalt en staar naar het behangpapier dat stelselmatig uit pornoboekjes werd gerukt. Punaisemeisjes, ik heb ze nog op mijn kostschoolkamertje gehad in de hoop dat ik van het internaat zou worden gegooid. Ondertussen ben ik dertig, zit ik in het Schiphotel, en heb ik mijn speculaasje te lang in mijn koffie gedipt. Diarree op de bodem van mijn tas.

In een hoek van de kroeg staat een nagemaakt oerwoud in een glazen bak, volgens de uitbater zitten er twee leguanen in. Perfect gecamoufleerd. In gans deze omgeving is niets, dit is het tweelingbroertje van de dood, en gelukkig is de leguaan die zich daaraan heeft aangepast.

'Vroeger,' zegt de uitbater. Ja vroeger, toen werd er gezongen en gefloten in de straat, er was nog leven in deze prachtige herenhuizen, zeven cafés naast elkaar, en een bos goedkope hoeren voor de schippers die hier toen nog kwamen. Nu is het de houtworm die zijn vloer doet kraken.

Serendipiteit: ik zocht twaalf tweelingen, en vond een troosteloosheid met de uitgestrektheid van dit landschap. Er overvalt mij een gevoel van dinsdagsheid. Hier is het dinsdag, alle dagen, ik weet het zeker. Dit is een dinsdags land.

Twee derde van de huizen staat hier te koop, waarschijnlijk voor geen geld. Rechts van me kabbelt het Boudewijnkanaal.

Als ik in het Gentse water van de Coupure pis, is het hierlangs dat mijn vocht enige dagen later met een schuimende golf de zee in komt. Ik zal eraan denken de volgende keer; dat wat mijn lichaam afgedreven heeft, net voor het door de leegte van de zeeën wordt verteerd, toch nog Zwankendamme passeert. Zo wordt wateren niet langer de wijze waarop alleen een beest nog heerst.

Aantekening

De hoofdstukken 'Serendipiteit voor beginners, sterven voor gevorderden' en 'Een tractor is een trekpaard in een rolstoel' verschijnen hier voor het eerst.
'Het evangelie volgens Vlaanderen' werd eerder gepubliceerd in *De Muur* (wielertijdschrift voor Nederland en Vlaanderen), maart 2004.
Alle overige hoofdstukken verschenen eerder, in een licht gewijzigde vorm of onder een andere titel, in *De Morgen*, tussen november 2001 en december 2003.